AF540046

राशोमोन

और

अन्य कहानियाँ

र्‍यूनोसुके आकुतागावा

राशोमोन

और

अन्य कहानियाँ

अनुवाद

उनीता सच्चिदानन्द

राजकमल प्रकाशन

मूल जापानी कृति : शोनेन शोजो निहोन बुनगाकु कान [6]
तोरोक्को-हाना
आकुतागावा र्‌यूनोसुके
प्रकाशक : कोदान्शा, तोक्यो, जापान
संस्करण : 1985

ISBN : 978-81-19159-44-4

मूल्य : ₹495

© **हिन्दी अनुवाद** : उनीता सच्चिदानन्द

पहला संस्करण : 1998
दूसरा संस्करण : 2009
पहली आवृत्ति : 2023
This book is printed on **Print on Demand** Technology : 2024

प्रकाशक : राजकमल प्रकाशन प्रा.लि.
1-बी, नेताजी सुभाष मार्ग, दरियागंज
नई दिल्ली-110 002
शाखाएँ : अशोक राजपथ, साइंस कॉलेज के सामने, पटना-800 006
पहली मंजिल, दरबारी बिल्डिंग, महात्मा गांधी मार्ग, प्रयागराज-211 001
1, अनमोल सोराबजी संतुक लेन, धोबी तलाव, मरीन लाइंस, मुम्बई-400 002
वेबसाइट : www.rajkamalprakashan.com
ई-मेल : info@rajkamalprakashan.com

RASHOMON AND OTHER SHORT STORIES
Translated by Dr. Unita Sachidanand

इस पुस्तक के सर्वाधिकार सुरक्षित हैं। प्रकाशक की लिखित अनुमति के बिना इसके किसी भी अंश को, फोटोकापी एवं रिकॉर्डिंग सहित इलेक्ट्रॉनिक अथवा मशीनी, किसी भी माध्यम से, अथवा ज्ञान के संग्रहण एवं पुन:प्रयोग की प्रणाली द्वारा, किसी भी रूप में, पुनरुत्पादित अथवा संचारित-प्रसारित नहीं किया जा सकता।

FOREWORD

In recent years we have been witnessing a significant expansion of relations between India and Japan, especially visible in the area of our bilateral economic interactions. An expression of this buoyancy has been the growing number of industrial ventures and offices being set up in India by Japanese companies year after year. Yet, I increasingly feel the great need for extensive efforts towards making our Indian friends better acquainted with diverse aspects of Japan, such as society, culture, history, religion, and ways of thinking of the Japanese people.

The recent nuclear tests by India was received with dismay and disappointment by the Japanese people. It becomes all the more important at a moment such as this, however, that greater efforts made to promote a deeper understanding and better appreciation of each other's culture and points of view.

I was indeed most delighted when I came to know that Dr. Unita Sachidanand, a young scholar of Japanese language and literature, has successfully completed the work of translating into Hindi selected stories by the famous Japanese writer Ryunosuke Akutagawa, to be published in India for the first time.

Akutagawa is a prominent representative of modern Japanese literary scene. His fictions have been among the most widelyread works in Japan. We Japanese are exposed to Akutagawa's writings right from our school days, as his stories commonly find place in our school text-books. His writings reveal a unique Japanese outlook towards the society, religion and moral values. As a matter of fact, Japan's most prestigious literary award for promising writers given each year is named after Akutagawa.

I am happy to learn that Dr. Sachidanand in her translation has added several explanatory notes and illustrations that should prove a great help to the readers in comprehending well certain typically Japanese situations and concepts. This feature has made this book an all the more convenient medium to understand Japan and the Japanese ethos.

I warmly congratulate Dr. Sachidanand that her long and painstaking efforts have finally borne fruits in the format of publication of this book. I take this opportunity also to thank and congratulate the publisher for bringing out this book in an attractive get-up. I wish that this HIndi translation of Akutagawa's celebrated stories is read by largest number of people in India, both connoisseurs of literature, as well as others. I am confident that this book will make a valuable contribution towards deepening the understanding of Japan in this country, and thereby promoting lasting goodwill and friendship between the people of Japan and India.

New Delhi
03.07.98

HIROSHI HIRABAYASHI
Ambassador of Japan to India

दो शब्द

जापानी आधुनिक साहित्य के प्रतिनिधि कथाकारों की बहुचर्चित रचनाओं के इस प्रथम भाग को हिन्दी पाठकों को समर्पित करते हुए मुझे अपार हर्ष हो रहा है।

प्रस्तुत अनुवाद मूल जापानी कृति पर आधारित है। अनुवाद के दौरान यह कोशिश रही है कि मूल कहानी की वाक्य शैली को भी यथासंभव बरकरार रखा जाए ताकि पाठकों को जापानी भाषा की विशेषताओं के साथ-साथ कथाकार की भाषा शैली का भी रस मिल सके। इस दिशा में मैं कहाँ तक सफल हो पाई हूँ, यह मैं पाठकों पर छोड़ती हूँ।

कोई भी सृजनात्मक कार्य अकेले संपन्न नहीं होता। इस कार्य के पीछे भी कई साथियों से अथक सहयोग मिला और बुजुर्गों से प्रेरणा। प्रोफेसर कात्सुहिको हामाकावा ने बहुत ही थोड़े समय में इस पुस्तक का परिचय लिखकर मुझे अनुगृहीत किया है। भारत में जापान के भूतपूर्व राजदूत माननीय श्री साकुतारो तानीनो ने अपने कार्यकाल के दौरान जिस तरह मेरा हौसला बराबर बढ़ाया उसके लिए मैं उनका सदा आभारी रहूँगी। वर्तमान राजदूत माननीय श्री हिरोशी हीराबायाशी तथा दिल्ली स्थित जापानी सांस्कृतिक सूचना केन्द्र के निदेशक श्री तामोन मोचिदा तथा उपनिदेशक श्री केनतारो सुगीमोरी भी धन्यवाद के पात्र हैं। जापान के प्रमुख प्रकाशक कोदान्शा इन्टरनैशनल के निदेशक श्री होशिनो ने जिस तत्परता से मूल जापानी कृति के अनुवाद की स्वीकृति प्रदान की उससे मुझे काफी बल मिला।

डा. देवेन्द्र चौबे तथा श्री दिलीप गुप्ता का सहयोग भी प्रशंसनीय है। श्री अशोक महेश्वरी तथा राजकमल प्रकाशन के समस्त कर्मचारी भी धन्यवाद के पात्र हैं। यद्यपि इन सबके सहयोग के बिना इस पुस्तक को पाठकों तक पहुँचाना प्राय: असंभव था, इसमें व्याप्त त्रुटियों के लिए केवल मैं ही जिम्मेदार हूँ।

नई दिल्ली — उनीता सच्चिदानन्द

05.7.98

क्रम

परिचय*

सर्वप्रथम मैं डा. उनीता सच्चिदानन्द को आधुनिक जापानी साहित्य के एक प्रतिनिधि साहित्यकार र्‍यूनोसुके आकुतागावा की लघु कहानियों के हिन्दी अनुवाद के प्रकाशन के शुभ अवसर पर बधाई देना चाहता हूँ। डा. सच्चिदानन्द ने जापानी सरकार की छात्रवृत्ति पर जापान की राष्ट्रीय नारा महिला विश्वविद्यालय में शोध छात्रा की हैसियत से मेरे निर्देशन में जापान के आधुनिक साहित्य का अध्ययन शुरू किया, और इस कार्य में लीन हो गईं। साथ ही इन्होंने जापानी संस्कृति, इतिहास तथा समाज में भी काफी रुचि दिखाई तथा समकालीन जापान की जीवन शैली के विभिन्न पहलुओं को जानने के उद्देश्य से सामाजिक गतिविधियों में भी खुलकर हिस्सा लिया तथा अपने शोध-कार्य को एक व्यापक तथा ठोस आधार प्रदान किया। मुझे विश्वास है कि अपने शोध विषय का इन्होंने गहराई और विस्तार से मूल्यांकन किया होगा। ऐसे व्यक्ति द्वारा र्‍यूनोसुके आकुतागावा की बाल-रचनाओं का हिन्दी अनुवाद, जिसे विशेषकर भारतीय किशोरों को ध्यान में रखकर प्रकाशित किया जा रहा है, भारत और जापान के सांस्कृतिक सम्बन्धों को सुदृढ़ बनाने में बहुत सहायक होगा। यह दोनों देशों

---

* मूल जापानी लेख परिशिष्ट में प्रकाशित किया गया है। अनुवाद: उनीता सच्चिदानन्द।

के लिए अत्यन्त गौरव की बात है। मेरी यह हार्दिक कामना है कि इस शोधकर्त्री तथा अनुवादिका का विद्योचित कार्य दिन-प्रतिदिन प्रगति करे, और एक दिन ऐसा भी आए, जब वे भारतीय साहित्यकारों की रचनाओं एवं लोक-कथाओं के जापानी अनुवाद द्वारा उनका परिचय जापान से करा पाएँ। इस साहसपूर्ण यात्रा पर अग्रसर होने के लिए मैं अपनी शुभकामनाओं सहित डा.सच्चिदानन्द को र्‍यूनोसुके आकुतागावा का यह संक्षिप्त परिचय भेंटस्वरूप पेश करता हूँ।

र्‍यूनोसुके आकुतागावा नीईहारा तोशिजो दम्पती के बड़े पुत्र के रूप में 1892 में तोक्यो में पैदा हुए। पैदा होने के तुरन्त बाद ही इनकी माँ मानसिक रोग से ग्रसित हो गईं। फलस्वरूप, मामा आकुतागावा ने इन्हें गोद ले लिया। इनका लालन-पालन अविवाहित मौसी ने बड़े लाड़-प्यार से किया। माँ की मानसिक स्थिति, उपमाता-पिता का होना तथा मौसी द्वारा पालन-पोषण इनके लिए आजीवन उत्पीड़न के कारण रहे। इन सबका इनकी ज़िंदगी पर गहरा असर रहा।

बीसवीं सदी के शुरू में इच्छा के अनुरूप अपनी प्रेमिका से पारिवारिक, विशेष कर मौसी के विरोध की वजह से इनका विवाह संभव न हो सका। स्वजनों के स्नेह में छिपी स्वार्थ की भावना से इनके हृदय को गहरी ठेस पहुँची। ठीक इसी वक्त

इन्होंने '*राशोमोन*' (1915) तथा '*हाना*' की रचना की।

यद्यपि '*राशोमोन*' जापान की प्राचीन कहानी-संग्रह (*कोनजाकू मोनोगातारी*) की एक रचना पर आधारित है, लेकिन आकुतागावा ने इसे एक नए रूप से परिसज्जित किया है। सेवक की परिवर्तित मन:स्थिति तथा बूढ़ी औरत के तर्क में छिपी इनसानी स्वार्थपरायणता का जीवंत चित्रण आकुतागावा की तत्कालीन मानसिक उद्वेग का प्रतिबिम्ब-सा प्रतीत होता है। मानवीय स्वार्थ के ऐसे घिनौने चेहरे तथा निराशा को उनकी बाल-रचना '*कुमो नो इतो*' (1918) बखूबी बेनकाब करती है। हालाँकि इससे काफी मिलता-जुलता प्रसंग रूसी साहित्यकार दोस्तोवोस्की के उपन्यास '*कारामाज़ोफ़ नो क्योदाई*' के सातवें अध्याय '*इप्पोन नो नेगी*' में भी देखने को मिलता है, लेकिन र्‍यूनोसुके आकुतागावा की यह कहानी पॉल कारस की '*कारूमा*' के जापानी अनुवाद '*इनगा नो ओगुरूमा*' (1894) पर आधारित है। ऐसा प्रतीत होता है कि आकुतागावा ने अपनी रचनाओं में सिर्फ मनुष्य की कमज़ोरियों तथा उसके बदसूरत पहलुओं को ही अधिक उभारा है, लेकिन अगर गहन अध्ययन किया जाए तो यह बात ग़लत साबित होती है।

उनकी रचनाओं में सतत एक ऐसे कोमल हृदय की तलाश है जो निजी स्वार्थ की संकीर्ण विचारधारा से मुक्त, दूर-दूर

तक लोगों के बीच स्नेह और सहिष्णुता की भावना बाँट सके। वे कामना करते हैं कि ऐसा ही निर्मल हृदय हर मनुष्य के अन्दर विद्यमान हो। '*मिकान*' (1919), '*तोशिशुन*' (1920) '*शिरो*' (1923) आदि में र्यूनोसुके आकुतागावा का सद्‌गुण की साधना तथा मनुष्य की सुन्दर भावनाओं में पूरा विश्वास नज़र आता है। जहाँ '*मिकान*' में हृदय को भाव-विभोर करने वाले दृष्य का सजीव चित्रण इनके व्यक्तिगत अनुभव पर रेखांकित है, वहीं '*तोशिशुन*' चीन की दन्तकथा '*तोशिशुनदेन*' से प्रेरित है। आकुतागावा के '*तोशिशुन*' में मायावी साधु द्वारा ली गई परीक्षा के अन्त में तोशिशुन का '*माँ*' कहकर चिल्ला पड़ना तथा जादू के प्रभाव से बाहर आने के पश्चात मायावी साधु से उसकी बातचीत के प्रसंग पर अगर ग़ौर किया जाए तो आकुतागावा का इनसान के प्रति गहरा विश्वास स्पष्ट रूप से दृष्टिगोचर होता है। मूल चीनी '*तोशिशुनदेन*' में तोशिशुन पूरी परीक्षा के दौरान चुपचाप पीड़ा सहते हुए अपनी जान गँवा बैठता है और एक औरत के रूप में पुनर्जन्म लेता है। जब यह औरत अपने बच्चे के प्रति हो रहे अत्याचार को बर्दाश्त नहीं कर पाती तब निर्देशों की अवहेलना कर वह बोल पड़ती है। आकुतागावा द्वारा इस परिवर्तन के पीछे उनका अपनी माँ के प्रति स्नेह की भावना उभर कर सामने आती है। '*शिरो*', जिसका नायक एक कुत्ता है, आकुतागावा की अन्तिम बाल-रचना है। इस कहानी में भी स्वार्थ, कमज़ोरी,

कायरपन और त्याग की भावनाओं का वर्णन अत्यन्त सरल तरीके से किया गया है।

संक्षेप में, आकुतागावा के बाल-साहित्य में मनुष्य की कमज़ोरियों तथा घिनौनेपन से परे एक उज्ज्वल जीवन की प्रबल इच्छा का विषय मुख्य रूप से उभर कर आता है, हालाँकि उनकी रचनाएँ अँधेरेपन से अभिभूत प्रतीत होती हैं। अपनी तीक्ष्ण एवं गहन ज्ञान की वजह से वे वास्तविकता का सही मूल्यांकन कर रचनाओं का पुनःनिर्माण करने में सफल रहे हैं। इनकी यह शैली तत्कालीन जापानी साहित्य (*बुनदान*) में व्याप्त आत्मकथात्मक (*वाताकुशि शोशेत्सु*) शैली से बिल्कुल अलग थी। इन्होंने '*गेसाकूजानमाई*', '*जिगोकुहेन*', एवं '*होक्योनिन नो शी*' जैसी नामी रचनाओं का भी सृजन किया, जिनका सम्बन्ध कला की दुनिया से है। विशिष्ट शैली तथा विभिन्न सामाजिक पहलुओं का प्रभावशाली चित्रण करने वाले कथाकार आकुतागावा, ताइशो काल (1912-1926) के प्रतिनिधि लेखक के रूप में सामने आए। परन्तु ताइशो काल के अन्तिम वर्षों में लगातार बीमारी, प्रतिकूल सामाजिक गतिविधियाँ, सर्वहारा साहित्यिक आन्दोलन से मतभेद तथा "अनजाने अकेलेपन" से ऐसे घिरे कि 1927 में इन्होंने आत्महत्या कर ली। अपनी जिंदगी के अन्तिम दिनों में इन्होंने शारीरिक व्याधि तथा स्नायु सम्बन्धी विषयों पर '*शिनकिरो*' तथा जापानी समाज का यथार्थवादी चित्रण '*काप्पा*' और '*हाशा*'

में प्रभावशाली ढंग से किया है। '*आरु आहो नो इश्सो*' में जीवन की आत्मनिंदा तथा शिफुकुओनशो द्वारा प्रकाशित '*साइहो नो हितो*' में इसाई धर्म के प्रति अपने विचार प्रकट किए हैं।

र्‍योनोसुके आकुतागावा की मौत सिर्फ एक साहित्यिक विद्वान की ही मौत नहीं थी बल्कि ताइशो काल के तमाम बुद्धिजीवियों के अंधकारमय भविष्य की ओर संकेत भी था। आकुतागावा की मौत के साथ ही ताइशो साहित्य का भी अवसान हुआ और एक नए काल की शुरुआत। आकुतागावा की गंभीर शैली तथा इनकी समस्त कृतियाँ आज के जापानी युवाओं को बहुत पसन्द हैं और वे निरंतर पढ़ी जाती हैं।

16.6.98

कात्सुहिको हामाकावा

प्रोफेसर एमरिटस

नारा महिला विश्वविद्यालय, नारा

एवं प्रोफेसर, कोबे महिला विश्वविद्यालय, कोबे

जापान

राशोमोन

सूरज ढलने का वक्त था। एक सेवक राशोमोन[1] के नीचे बारिश रुकने का इंतज़ार कर रहा था। उस विशाल फाटक के नीचे उसके अलावा वहाँ और कोई न था। एक बड़े, लाल

---

1. राशोमोन हेइआनक्यो (समकालीन क्योतो शहर) स्थित सम्राट के महल को खुलता एक भव्य फाटक है जो शहर के दक्षिण में सुजाकुओजि सड़क पर है। सम्राट काम्मु ने सन् 794 में नारा से अपनी राजधानी को स्थानांतरित कर हेइआनक्यो में स्थापित किया। जापान के प्रसिद्ध फिल्म-निर्देशक आकिरा कुरोसावा की बहुचर्चित फिल्म राशोमोन (1950) इस कहानी तथा आकुतागावा की एक अन्य लघु कहानी 'याबु नो नाका' पर आधारित है।

रंग से पुते खम्बे पर जो कि कहीं-कहीं फीका पड़ गया था, सिर्फ़ एक टिड्डा बैठा था। हाँ, एक रेशमी टोपी तथा बाँस की बनी टोप[2] को देखने से यह संकेत अवश्य मिलता था कि कुछ अन्य लोग भी वहाँ बारिश थमने का इंतज़ार कर रहे थे। हालाँकि प्रत्यक्ष रूप से तो इस सेवक के अलावा कोई और नज़र नहीं आ रहा था।

राशोमोन के आस-पास व्याप्त सन्नाटे का कारण यह भी था कि विगत दो-तीन सालों में क्योतो शहर में अकाल, भूखमरी, भूकम्प, चक्रवात और आग जैसे प्रकोप लगातार होते रहे। क्योतो का राकुच्यू शहर भी इसकी गिरफ्त से बच न सका और इसी वजह से इस शहर के पतन में कोई कसर बाकी न रह गई थी।

पुराने दस्तावेजों से यह पता चलता था कि यहाँ भगवान बुद्ध की मूर्तियां और अन्य साजो-सामान के कई टुकड़े कर दिये गए थे। सोना-चाँदी के पत्तर से जड़ी और लाल रंग से पुती लकड़ियों के गट्ठर सड़क के किनारे पड़े हुए थे। जिनका इस्तेमाल जलावन के रूप में किया जाता था।

---

2. इस खास तरह के टोप का इस्तेमाल जापान के हेइआन काल (794-1185) में होता था। अर्द्ध गोलाभ के आकार का गुंबदनुमा शीर्ष और बेलनाकार चोटी की तरह के इस टोप को **इचिमेकासा** कहते थे।

जब राकुच्यू की ही ऐसी हालत थी तो कोई राशोमोन की मरम्मत की बात कैसे सोच सकता था? और तो और, इस ओर कोई ध्यान देने वाला भी नहीं था बल्कि खंडहर बने इस फाटक को कुछ प्राणी अपने लिए लाभदायक ही समझते थे। जैसे लोमड़ी और रकून के लिए तो यह आवास-स्थल ही बन गया था। चोर-डकैतों ने भी इसको अपना ठिकाना बना लिया था। इसकी दुर्गति में कोई कमी न रह जाए तो अब यहाँ लावारिस लाशों को भी फेंका जाने लगा।

इसीलिए जब दिन ढलने को होता तो लोग-बाग इस फाटक के आस-पास डर से फटकते न थे। धीरे-धीरे यहाँ पर लोगों का आना-जाना लगभग खत्म ही हो गया। इतना ज़रूर था कि इनसान की जगह अब कौवों ने ले ली थी। कौवे, न मालूम कहाँ से आ जाते और अपना जमघट लगा देते। दिन के वक्त ये कौवे अनगिनत संख्या में मुँडेर के चारों ओर वृत्त बनाते हुए काँव-काँव चिल्लाते उड़ते। विशेषकर जब आसमान पर शाम की लाली छाने का वक्त होता तो ऐसा प्रतीत होता मानो चारों ओर तिल-ही-तिल बिखरे पड़े हों। यह बात स्पष्ट थी कि ये सारे कौवे द्वार के आस-पास पड़े मृतकों के पार्थिव शरीर से मांस को अपनी चोंच से नोचने के लिए एकत्र होते थे।

लेकिन आश्चर्य, आज एक भी कौवा दिखाई नहीं दे रहा था। शायद इसलिए कि दिन काफी ढल चुका था। यहाँ-वहाँ बस टूटे पत्थर की सीढ़ियों के बीच उगी लम्बी

घास के ऊपर कौवों की सफेद विष्ठा इधर-उधर चिपकी जरूर दिख रही थी।

सेवक सात सीढ़ी वाले जीने की सबसे ऊपर वाली सीढ़ी पर अपने लाल रंग के फीके ओवरकोट में उकड़ूँ बैठा, गाल पर निकली बड़ी फुन्सी की चिन्ता में डूबा, निर्भाव, केवल बारिश होते देख रहा था।

लेखक ने थोड़ी देर पहले लिखा कि "सेवक बारिश रुकने का इंतज़ार कर रहा था।" लेकिन अगर बारिश रुक भी गई तो इसके बाद वह क्या करेगा? आगे की बात अभी विशेष रूप से सेवक के दिमाग़ में नहीं है। अगर आज का दिन पिछले दिनों की तरह होता तो ज़ाहिर है कि वह अपने मालिक के घर चला जाता। लेकिन मालिक ने तो चार-पाँच दिन पहले ही उसे काम से छुट्टी दे दी थी।

जैसा कि पहले भी लिखा गया है कि उस वक्त क्योतो शहर का विनाश कोई साधारण रूप से नहीं हुआ था। और शायद इसी तबाही की वजह से लम्बे अर्से से काम करने के बावजूद भी इस सेवक को अपनी नौकरी से हाथ धोना पड़ा।

इसलिए अगर, 'सेवक बारिश रुकने का इंतज़ार कर रहा था' के बजाय यह कहा जाए कि 'बारिश में गिरफ्तार सेवक इस उधेड़बुन में था कि अब वह कहाँ जाए?' तो उचित होगा, लेकिन कोई जगह हो तो जाए! ऊपर से आज आसमान भी इस सेवक की भावनाओं के साथ मज़ाक़ कर रहा था।

शाम के चार बजे के उपरान्त जो बारिश शुरू हुई कि बस रुकने का नाम ही नहीं ले रही थी। ऐसी स्थिति में सेवक के ज़ेहन में जो महत्त्वपूर्ण सवाल घर बनाए था वह यह कि कल से उसके रहने की व्यवस्था क्या होगी? वैसे देखा जाए तो यह ऐसा सवाल था जिसका हल था ही नहीं। फिर भी इस विषय पर वह सोचने को मजबूर था। इस खयाल को दूर रखने में नाकामयाब सेवक, सुजाकुओजी में देर से हो रही बारिश की ध्वनि को न चाहते हुए भी लाचारपूर्वक सुनता रहा।

घनघोर बारिश में राशोमोन एक ध्वनिपुंज की तरह लग रहा था। साँझ का अँधेरा धीरे-धीरे आसमान से उतर रहा था। ऊपर देखने से ऐसा लग रहा था जैसे द्वार के छत की तिरछी खपरैल वाली मुँडेर हलके-काले बादल को थामे हो।

जिस समस्या का कोई समाधान ही न हो और फिर भी किसी तरह हल निकालने की कोशिश की जाए तो रास्ते की गुंजाइश कहाँ। और रास्ता चुनना भी हो तो शायद सिर्फ़ यही बचा था कि इस मिट्टी की लिपी सख़्त दीवार के नीचे या सड़क के किनारे मिट्टी के ऊपर भूख से तड़पकर मर जाएँ और फिर पार्थिव शरीर को इस फाटक के ऊपर लाकर लावारिस कुत्ते की तरह फेंक दिया जाए। और सच भी यही दिखाई पड़ रहा था। क्योंकि इसके अलावा कोई चारा भी तो नहीं था।

"अगर यह रास्ता नहीं चुनना तो?" सेवक की सोच

एक जगह जाकर ठहर जाती थी और वह यह कि थोड़ी देर के लिए क्यों न बार-बार एक ही रास्ते में इधर से उधर किया जाए। लेकिन यह 'अगर...' वाली बात, काफी सोच-विचार के बावजूद 'अगर...' ही बनी रही।

सेवक 'रास्ता नहीं चुनना' को सही मानते हुए भी सिर्फ 'अगर चुनना है तो' इतना जरूर था कि 'चोर-डकैत बनने के अलावा कोई और रास्ता नहीं।' परन्तु इस बात को खुले रूप से मान लेने में वह अपने आप को असमर्थ पा रहा था।

सेवक ने जोर से छींक मारी। फिर नीरस एवं दुखी भाव में वहाँ से उठा।

साँझ की ठण्डक क्योतो को इस तरह जकड़े थी कि अँगीठी के बिना एक पल भी व्यतीत करना मुश्किल था। हवा के तेज़ झोंके फाटक के खम्बों के बीच से होते हुए लगातार बह रहे थे। लाल रंग में पुते खम्बों पर बैठे टिड्डे भी न मालूम कहाँ गायब हो गए थे।

पीले रंग की छोटी कमीज़ के ऊपर पहनी लाल रंग की ओवरकोट के कंधों के बीच अपनी गर्दन सिकोड़े सेवक ने फाटक के इर्द-गिर्द नज़र घुमाई। शायद वह ऐसी जगह तलाश कर रहा था जहाँ बारिश और हवा की चिन्ता किए बग़ैर, लोगों की नज़रों से बचकर एक रात आराम से गुज़ार सके। इस तरह कम-से-कम रात तो बीत ही जाएगी।

तभी किस्मत से उसकी नज़र एक लम्बी-चौड़ी लाल

रंग की सीढ़ी पर पड़ी जो ऊपर के बुर्ज़ की तरफ जाती थी। उसने सोचा कि ऊपर अगर लोग होंगे भी तो शायद मरे हुए।

सेवक अपने कुल्हे से बँधी तलवार को सँभालते हुए पुआल की चप्पल[3] पहने पहला कदम सीढ़ियों की ओर बढ़ाया।

उसके कुछ देर बाद की बात है। राशोमोन के बुर्ज़ की ओर जाने वाली लम्बी-चौड़ी सीढ़ी के बीचोबीच एक युवक बिल्ली की तरह शरीर सिकोड़े, ऊपर के हालात को अपनी साँस दबाए ग़ौर से देख रहा था।

बुर्ज़ के ऊपर से आ रही मशाल की रोशनी, इस युवक के गालों को भिगो रही थी। ये वही गाल थे जिस पर छोटी-छोटी दाढ़ी के बीच लाल पीव से भरी फुन्सी उभर आई थी।

सेवक को शायद पहले से ही अच्छी तरह अनुमान था कि ऊपर जितने भी लोग होंगे वे मृतक ही होंगे। लेकिन

---

3. इसे जापानी में **वाराजोरी** कहते हैं।

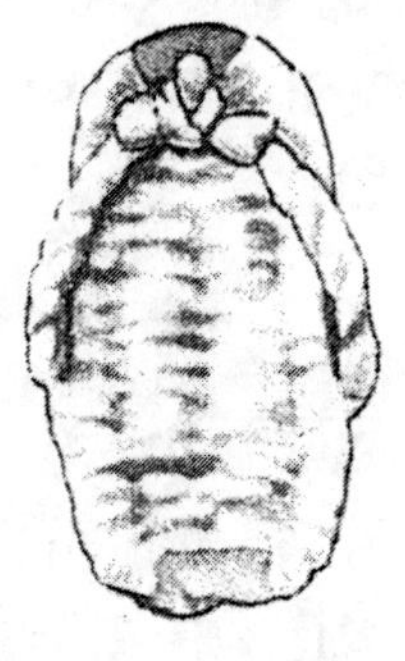

दो-तीन सीढ़ी चढ़ने के बाद जब उसने ऊपर देखा तो उसे लगा कि कोई मशाल जलाए इधर-उधर घुमा रहा है। लेकिन तुरंत ही वह यह समझ गया कि पीले रंग की रोशनी हर कोने में फैले मकड़ी के जाल के ऊपर पड़ रही थी जिसकी परछाईं हिलती प्रतीत हो रही थी। कुछ भी हो एक बात तो साफ थी कि इस बारिश की रात में राशोमोन के ऊपर मशाल जलाने वाले व्यक्ति का कुछ ख़ास उद्देश्य तो था ही।

सेवक दबे पाँव छिपकली की तरह रेंगते हुए आख़िरकार सीढ़ी की सबसे ऊँची मंजिल पर पहुँच ही गया।

जितना संभव हो शरीर को चिपटा और गर्दन को आगे बढ़ाते हुए सेवक डरते-डरते बुर्ज़ के अन्दर झाँका। बुर्ज़ के अन्दर, उड़ती ख़बर के मुताबिक, न जाने कितने शव अनियमित ढंग से फेंके गए थे।

मशाल की रोशनी का दायरा अनुमान के विपरीत संकीर्ण था। इसलिए शवों की गिनती का कुछ पता नहीं लग रहा था। अस्पष्ट रूप से सिर्फ़ यही जान पड़ता था कि उनमें से कुछ शवों के शरीर पर कपड़े थे और कुछ के नहीं। हाँ, ऐसा लगता था जैसे इनमें औरत-मर्द दोनों के ही शव मिश्रित हों।

शव मुँह खोले और हाथ फैलाए इस तरह फर्श के ऊपर लुढ़के हुए थे कि देखने से ऐसा नहीं लगता था कि कभी ये इनसान भी रहे होंगे। वे मिट्टी के बने बुत प्रतीत हो रहे थे। ऊपर से कंधे और छाती का हिस्सा ऊँचा होने की वजह

से तथा धुँधली रोशनी के कारण निचले हिस्से का अँधेरा और गहरा हो गया था। बेचारे शव गूँगों की तरह न जाने कितने समय से चुपचाप पड़े थे।

शवों से उत्पन्न गन्दी, सड़ी बदबू इतनी असहनीय थी कि सेवक अनायास ही अपनी नाक को ढक लिया। लेकिन फिर दूसरे ही क्षण वह अपनी नाक को ढकने की बात भी भूल गया। शायद इसलिए कि कोई प्रबल भावना इस युवक के गंध की संवेदनशीलता को छिन्न-भिन्न कर चुकी थी।

उसी वक्त सेवक की निगाह पहली बार शव के बीच उकड़ूँ बैठे एक इनसान के ऊपर पड़ी। काले रंग के कपड़े, छोटा कद, दुबला शरीर, सफेद बाल ठीक बन्दरिया की शक्ल की वह एक बूढ़ी औरत थी। बूढ़ी औरत अपने दाहिने हाथ में चीड़ की लकड़ी की मशाल लिए एक शव के चेहरे को बड़े ग़ौर से देख रही थी। उस शव के लम्बे बालों को देखने से लगता था कि वह किसी औरत का था।

सेवक ने अपने आप को कौतूहल और भयभीत स्थिति में पाया। फलस्वरूप, थोड़ी देर के लिए वह साँस लेना भी भूल गया। सेवक की हालत पुरानी कहावत 'सिर के बाल खड़े हो जाना' जैसी थी।

उसी वक्त, उस बुढ़िया ने मशाल को लकड़ी के फर्श के दो तख्तों के बीच फँसाया और अभी तक जिस शव को ग़ौर से देख रही थी उसकी गर्दन पर अपने दोनों हाथ रखे।

जैसे बन्दरिया अपने बच्चे के सिर से जूँ निकालती है,

ठीक उसी तरह बुढ़िया शव के बालों को एक-एक करके निकालने लगी। जैसे-जैसे उसके हाथ शव के सिर पर घूमते गए, वैसे-वैसे एक-एक बाल निकलता गया।

बाल निकलने के साथ-साथ सेवक का भय तो कम होता गया परन्तु उसके हृदय में बूढ़ी औरत के प्रति धीरे-धीरे एक प्रचण्ड घृणा उत्पन्न होने लगी।

नहीं, शायद 'बूढ़ी औरत के प्रति' कहना उपयुक्त नहीं। अगर यह कहा जाए कि सभी बुराइयों के प्रति उसका क्रोध धीरे-धीरे प्रबल होने लगा तो उचित होगा।

अगर इस वक्त कोई व्यक्ति एक बार फिर से 'चोर बनना उचित होगा या मरना?' की समस्या सामने रखे, जो कि सेवक खुद फाटक के नीचे थोड़ी देर पहले सोच रहा था, तो शायद सेवक बेझिझक यही चुनता कि मरना ही अच्छा है। यह इस बात का प्रमाण था कि इस युवक के हृदय में बुराई के प्रति उत्पन्न घृणा उतनी ही प्रबल होती जा रही थी जितनी मशाल की लपटें।

स्वाभाविक था कि सेवक यह नहीं जानता था कि बूढ़ी औरत मरे प्राणी के बाल क्यों नोंच रही है? इसीलिए वह यह भी नहीं जानता था कि इस बात को अच्छी श्रेणी में रखा जाए या बुरी?

सेवक के मुताबिक इस बारिश की रात, राशोमोन के ऊपर एक मृत शरीर से बाल नोंचना ही अपने आप में एक ऐसा पाप है जिसको कभी माफ़ नहीं किया जा सकता।

लाज़मी है कि सेवक इस बात को भूल चुका था कि कुछ देर पहले वह स्वयं भी एक चोर बनने की सोच रहा था।

तभी सेवक ने अपने दोनों पैरों पर ज़ोर लगाया और अचानक सीढ़ी से उछलते हुए ऊपर की ओर कूदा। फिर तलवार को अपने हाथ में लिए लंबे-लंबे कदम भरता बुढ़िया के सामने आ खड़ा हुआ। बुढ़िया प्रत्यक्ष रूप से घबराई।

सेवक को देखते ही बुढ़िया ऐसे उछल कर दूर जा बैठी जैसे उसे ज़ोरदार झटका लगा हो।

"कहाँ जा रही है?" बुढ़िया लड़खड़ाई और शव से टकराते हुए भागने को उद्यत हुई कि उसका रास्ता रोकते हुए सेवक ने गुस्से से पूछा।

बुढ़िया कहीं भाग न जाए, इसलिए सेवक ने उसे वापस धकेल दिया।

थोड़ी देर के लिए दोनों बिना कुछ बोले शवों के बीच हाथापाई करते रहे। हार-जीत का नतीजा तो पहले से ही मालूम था। सेवक ने बुढ़िया के बाँह को जबरन पकड़कर मरोड़ा। उसकी बाँह ठीक मुर्गे की टाँग की तरह पतली थी।

"क्या कर रही थी? बोल नहीं तो..." कहते हुए सेवक ने बुढ़िया को पुनः पीछे धकेला और तुरन्त अपनी चमकती तलवार को बुढ़िया के सामने कर दिया।

परन्तु बुढ़िया चुप रही। दोनों हाथों से अपने काँपते हुए कँधे को पकड़ साँस रोके हुए वह गूंगे की तरह सेवक को

एकटक देखती रही। उसकी फैली आँखों से ऐसा लग रहा था जैसे वे अभी बाहर निकल आएँगी।

सेवक को आभास हो गया था कि बुढ़िया का मरना या जीना उसकी इच्छा पर निर्भर है। इस बात के एहसास ने सेवक के ज़ेहन में जल रही अच्छाई-बुराई की ज्वाला को पता नहीं कब ठण्डा कर दिया था।

अब केवल एहसास था संतोष और गर्व का, जो किसी काम को करने के बाद महसूस होता है।

तभी सेवक ने थोड़ा शांत भाव से बुढ़िया की ओर अपनी नज़र झुकाते हुए बोला, "मैं कोई पुलिस या न्यायालय का कार्यकर्ता नहीं हूँ। मैं तो केवल एक मुसाफ़िर हूँ जो थोड़ी देर पहले ही यहाँ से गुज़र रहा था। इसलिए तुम्हें मुझसे पकड़े जाने का डर नहीं होना चाहिए। मेरे लिए इतना ही काफ़ी है कि तुम मुझे वह सब बता दो जो अभी तुम यहाँ फाटक के ऊपर कर रही थी।"

बुढ़िया अपनी फटी आँखों को और चौड़ा कर लगातार एकटक सेवक के चेहरे को देखती रही। शिकारी पक्षी की तरह लाल, पैनी आँखें। झुर्रियों के कारण होंठ और नाक जो लगभग एक ही नज़र आ रह थे, इस कदर हिल रहे थे जैसे वह कुछ चबा रही हो। सकरे गले पर नुकीला कंठ ऊपर-नीचे हो रहा था। बड़ी कठिनाई से साँस लेते हुए, बुढ़िया की कौवे जैसी भर्राई आवाज़ सेवक के कानों में पड़ी।

"इन बालों को निकालकर, इन बालों को निकालकर",

वह हकला रही थी, "मैंने बालों की टोपी बनाने की सोची।"

बुढ़िया का जवाब अनपेक्षित ही इतना साधारण था कि सेवक निरुत्साह हो गया। इसके साथ ही थोड़ी देर पहले का अच्छे-बुरे का विचार एक तिरस्कार की भावना के साथ उसके हृदय में एक बार फिर समा गया। शायद, सेवक की ऐसी मनोदशा, बुढ़िया की समझ आ गई थी।

बुढ़िया एक हाथ में अभी भी शव से नोंचे हुए बालों को पकड़े हुए मेढक की तरह टरटराते हुए बोल रही थी, "अवश्य ही मृत शरीर से बाल नोंचना बहुत खराब बात है। परन्तु यहाँ पड़े सभी शवों के साथ इतना भर होने से वे बुरा नहीं मानेंगे। सभी शव अच्छे इनसानों के ही हैं। दरअसल मैं जिस औरत के बाल नोंच रही थी वह औरत अपने होशोहवास में साँप को बारह सेंटीमीटर लम्बे टुकड़ों में काटकर सुखाती थी। फिर उसे सूखी मछली बता तातेवाकी नो जिन[4] ले जाकर बेच आती थी। आजकल फैली बीमारी की चपेट में वह आ गई और उसकी यह हालत हो गई, वरना अभी भी यह वही 'सूखी मछली' बेचने का धंधा कर रही होती। और तो और, इसकी 'सूखी मछली' को तातेवाकी के लोग स्वादिष्ट मछली बताते और नाश्ते के लिए किसी भी हालत में खरीदना न भूलते।" वह थोड़ा रुकी, फिर बोली - "इस औरत के काम को मैं बुरा नहीं मानती। अगर वह

---

4. राजकुमार के महल की निगरानी करने वाले कार्यकर्ताओं के ठहरने की जगह।

ऐसा नहीं करती तो बेचारी भूखे मर जाती। इसलिए वह लाचार होकर यह काम करती थी। ठीक उसी तरह मेरे द्वारा थोड़ी देर पहले किए काम को भी मैं बुरा नहीं मानती। मैं भी अगर यह नहीं करूँगी तो भूखे मर जाऊँगी। इसके अलावा मेरे लिए कोई और रास्ता नहीं है। इस बात से यह मरी औरत भी अच्छी तरह वाकिफ़ थी और शायद इसीलिए मेरी इस हरकत को माफ़ कर देगी।'' बुढ़िया ने अपनी बात समाप्त की।

सेवक तलवार को म्यान में रख हत्थे को बायें हाथ से दबाए, जैसे-तैसे बुढ़िया की बातें सुन रहा था। यह सब सुनते वक्त उसका एक हाथ लाल पीव से भरी फुन्सी वाले गाल पर था।

परन्तु यह सब सुनने के दौरान सेवक के हृदय के अन्दर अचानक एक शक्ति जागृत हुई। यह अद्भुत शक्ति कुछ देर पहले फाटक के नीचे खड़े सेवक के अन्दर नहीं थी। फिर, यह शक्ति, उस शक्ति से भी भिन्न थी जो बुढ़िया को पकड़ते वक्त उत्पन्न हुई थी। सेवक अब भूखा मरने या चोर बनने के कशमकश से दूर होता जा रहा था। अब भूख से मरने का खयाल उसके अवचेतन में भी न था।

'निश्चित, यही है क्या?' सेवक बुढ़िया की बात खत्म होने के उपरान्त पागलों की तरह हँसते हुए अपने आपसे बोला।

सेवक एक कदम आगे बढ़ते हुए अपना दायाँ हाथ फुंसी वाले गाल से हटाया और बुढ़िया की गर्दन झपट्टे से पकड़ते

हुए बोला, "फिर तो अगर मैं तेरे कपड़े छीन लूँ तो तुझे भी कोई शिकायत नहीं होनी चाहिए। क्योंकि अगर मैं भी यह नहीं करूँगा तो भूखे मरने लायक ही हूँ।"

सेवक ने एक ही झटके में बुढ़िया के कपड़े उतार दिए।

फिर अपने पाँव पर लिपटी बुढ़िया को क्रूरता से शवों के ऊपर धकेल दिया। वहाँ से सीढ़ी तक का रास्ता बस पाँच फलांग था। सेवक बुढ़िया के बदन से निकाले हलके पीले रंग के कपड़ों को बगल में दबाए अँधेरे में ही सीढ़ियों से तुरन्त उतर पड़ा।

मृत शरीर की तरह पड़ी, बुढ़िया ने कुछ देर बाद, लाशों के बीच से अपने नंगे शरीर को उठाया।

बुढ़िया गिड़गिड़ाती, चिल्लाती मशाल की रोशनी के सहारे किसी तरह सीढ़ी से उतरने की जगह तक आ गई। वहाँ से अपने छोटे-छोटे सफेद बालों को नीचे लटकाए फाटक के प्रवेशद्वार की ओर देखने लगी। वहाँ केवल घनघोर काली खाई की तरह अँधेरा-ही-अँधेरा था।

सेवक वहाँ से कहाँ गया, यह आज तक किसी को भी पता नहीं चला।

संतरे

सर्दी की एक धुँधली शाम की बात है। मैं योकोसुका से तोक्यो जाने वाली गाड़ी के दूसरे दर्ज़े के एक कोने में बैठा खाली मन, रवानगी की सीटी का इंतज़ार कर रहा था।

अद्‌भुत बात तो यह थी कि मुसाफ़िर गाड़ी के इस डिब्बे में काफी देर से रोशनी होने के बावजूद मेरे अलावा कोई और न था। इससे भी ज्यादा आश्चर्य की बात यह थी कि प्लेटफार्म पर, जहाँ हलका अँधेरा छाया था, आज विदा

करने वाले लोग भी नज़र नहीं आ रहे थे। अगर दिख रहा था तो कठघरे में पड़ा एक पिल्ला जो अपने आस-पास के सन्नाटे से ऊब कर कभी-कभी बिलबिला उठता था।

यह सारा माहौल मेरी उस वक्त की मनःस्थिति से बहुत हद तक मेल खाता था।

मैं इतना थका हुआ था कि उसका वर्णन करना मुश्किल है। शायद इसी वज़ह से मेरे अन्तर्मन में वैसा ही अँधेरा छाया था जैसे आसमान में घने बादल के फैलने से होता है। मैं कोट की जेब में अपने दोनों हाथ डाले इतनी भी हिम्मत न जुटा पाया कि जेब से सांध्य अखबार निकाल कर पढ़ूँ।

शीघ्र ही गाड़ी के रवाना होने की सीटी सुनाई दी। थोड़ा-बहुत आराम महसूस हुआ तो सिर पीछे की खिड़की से टेककर मैं सामने दिख रहे प्लेटफार्म के धीरे-धीरे पीछे खिसकने का बेसब्री से इंतज़ार करने लगा।

इससे पहले कि यह सब होता, स्टेशन के चक्रनुमा प्रवेशद्वार[1] की ओर से खड़ाऊँ[2] पहने किसी के तेज़ दौड़ने

---

1. **काइसात्सुगुची**, रेलवे स्टेशन पर टिकट निरीक्षण करने की जगह।

2. खास तरह के इस जापानी खड़ाऊँ को **हियोरीगेता** कहते हैं। लकड़ी से बनी और नीचे से दो जगह लकड़ी लगाकर ऊँची की गई खड़ाऊँ को **गेता** और, क्योंकि बारिश के दिनों में इसका प्रयोग नहीं किया जा सकता इसलिए इसे **हियोरीगेता** कहते हैं।

की तीक्ष्ण आवाज़ सुनाई दी। अभी मेरा ध्यान उस ओर जाता ही कि अचानक कन्डक्टर के गालियों से भरे ऊँचे स्वर सुनाई पड़े। तभी तेज़ी से मेरे डिब्बे का दरवाज़ा खुला। एक तेरह-चौदह साल की बच्ची हड़बड़ाती हुई अन्दर घुसी।

कुछ क्षण के अन्दर ही गाड़ी एक झटके के साथ हिली और धीरे-धीरे आगे खिसकने लगी।

एक-एक करके आँखों से ओझल होते प्लेटफार्म के खम्बे, पानी छिड़काव की गाड़ी, भूल से छोड़ा गया हज़ारा, मेहनताना पाकर धन्यवाद व्यक्त करता कुली, ये सब डिब्बे की खिड़की पर आने वाले काले धुएँ के साथ पीछे छूटते गए।

गहरी साँस लेते हुए मैंने सिगरेट सुलगाई और अलसाई पलकें उठाते हुए सामने की सीट पर बैठी हुई लड़की को थोड़ा देखा।

उसने अपने रूखे बालों को ऊपर लाकर जूड़े को फूल की तरह बाँध रखा था[3]। उसके पपड़ीदार गाल पर कुछ निशान

3.

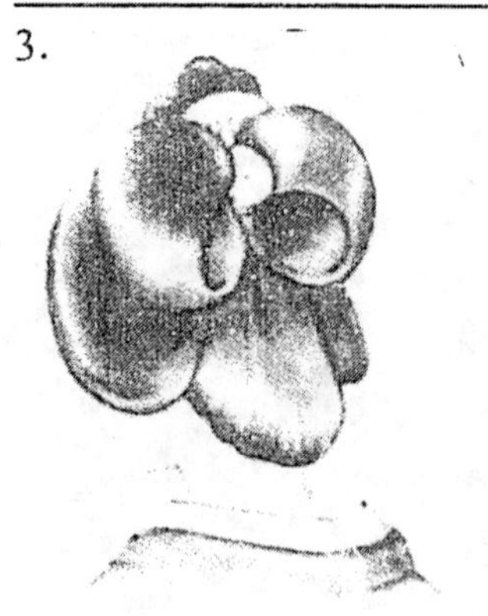

थे। गालों की फटी हालत से ऐसा प्रतीत होता था कि अभी खून टपकने लगेगा। कुल मिलाकर लड़की की यह दयनीय हालत जी मिचलाने वाली थी। घुटने तक लटकता हलके भूरे और हरे रंग का एक गंदा मफ़लर, अपने ठण्डे पड़े दुर्बल हाथों से पकड़े घुटने पर रखी एक बड़ी-सी गठरी, मुट्ठी में कस कर पकड़ा एक तीसरे दर्ज़े का लाल रंग का टिकट[4], हर दृष्टि से लड़की गँवार लग रही थी।

मुझे इस गँवारू लड़की का चेहरा एकदम न भाया। जाहिर था कि इसके गन्दे कपड़ों से भी मुझे उलझन हो रही थी। ऊपर से दूसरे और तीसरे दर्जे में फर्क न समझने वाली इस बेवकूफ़ लड़की पर मुझे गुस्सा भी आ रहा था।

अगर मैं सिगरेट सुलगाए था तो शायद इसलिए भी कि इस लड़की की उपस्थिति को नज़रअंदाज कर सकूँ और यही कारण है कि मैं बेमन ही सही, सांध्य अख़बार निकालकर पढ़ने लगा।

थोड़ी देर बाद अख़बार के ऊपर पड़ रही बाहर की प्राकृतिक रोशनी की जगह डिब्बे के अन्दर जल रही बल्ब की रोशनी ने ले ली। ज़ाहिर है कि इस समय गाड़ी योकोसुका की पहली सुरंग में घुसी थी।

अखबार की घटिया छपाई के बावजूद समाचार कालम का हर एक अक्षर साफ़-साफ़ दिख रहा था। परन्तु ख़बरें

---

4. उस समय प्रथम दर्ज़े का टिकट सफेद, द्वितीय दर्ज़े का नीला और तीसरे दर्ज़े का टिकट लाल होता था।

इतनी साधारण और रोजमर्रा की थीं कि इनसे मेरी निराशाजनक स्थिति को सांत्वना मिलना संभव न था।

युद्ध, शान्ति की पेशकश, वर-वधू, रिश्वत-भ्रष्टाचार, जन्म-मरण की सूचनाएँ।

सुरंग में घुसने के उपरान्त मुझे एक क्षण के लिए ऐसा महसूस हुआ जैसे गाड़ी विपरीत दिशा में जा रही हो।

मैं इन बेजान ख़बरों पर एक के बाद एक बेमन से नज़रें दौड़ाता रहा। परन्तु एक बात जो लगातार मुझे एहसास दिला रही थी वह यह कि मेरे सामने बैठी लड़की के पास अगर इनसान कहलाने वाली कोई चीज़ थी तो सिर्फ़ उसकी शक्ल और कुछ नहीं।

सुरंग के अन्दर गाड़ी, गँवारू लड़की, और ऊपर से रोज़मर्रा की ख़बरों से भरा यह अख़बार क्या ये सभी किसी ख़ास चीज़ की ओर संकेत नहीं करते? ये सभी एक बेजान और निरर्थक जिंदगी के प्रतिबिम्ब ही तो हैं।

इन सबसे घिरा मैं अपने आपको बेमानी महसूस करने लगा। मैंने अख़बार दूर फेंका और खिड़की की चौखट पर फिर से सिर टिकाकर निढाल-सा सोने की कोशिश करने लगा। कुछ क्षणों बाद एक अजीब-सी हरकत को महसूस कर मेरी आँखें खुलीं और डरते हुए अनायास ही मैं अपने आस-पास देखने लगा।

पता नहीं कब वह लड़की अपनी जगह से उठकर मेरे

बगल में आ गई थी और निरन्तर मेरे साथ की खिड़की खोलने की कोशिश कर रही थी। लेकिन भारी भरकम शीशे की खिड़की को खोलना इतना आसान न था। लड़की का पहले से ही फटा हुआ चेहरा पूरा लाल हो चुका था। बीच-बीच में नाक से सूँ-सूँ करती आवाज़ उसकी छोटी-छोटी साँसों के साथ मिलकर कानों में पड़ ही जाती थी। कुल मिलाकर उसके हालात मेरे हृदय में भी थोड़ी बहुत दया उत्पन्न करने के लिए काफ़ी थे।

शाम की हलकी रोशनी में सूखे पत्तों के पहाड़ गाड़ी के दोनों तरफ दिखने लगे। लग रहा था कि गाड़ी किसी सुरंग के एकदम नज़दीक आ चुकी है। उसके बावजूद लड़की लगातार खिड़की खोलने की नाकामयाब कोशिश करती रही। उसका ऐसा करना मेरी समझ से बाहर था।

कुल मिलाकर यह लड़की मुझे मनमौजी मालूम पड़ती थी।

असफल होते हुए भी लड़की ने हिम्मत न हारी। शीत से ठण्डे पड़े हाथों की परवाह न करते हुए खिड़की खोलने की उसकी भरपूर कोशिश जारी रही। मैं यह सब भावहीन देख रहा था और मन ही मन प्रार्थना कर रहा था कि लड़की अपनी इस कोशिश में सफल न ही हो तो अच्छा है।

तभी एक भयानक गर्जन के साथ गाड़ी सुरंग के अन्दर घुसी। इसी के साथ खिड़की का शीशा भी अचानक आवाज़ के साथ ठप्प से नीचे गिरा। लड़की खिड़की खोलने में

कामयाब हो चुकी थी। चारकोल के काले घने धुएँ से पूरा डिब्बा भर गया जिसके कारण साँस लेना दूभर हो रहा था। गला तो पहले से ही ख़राब था और अब ऊपर से यह काला धुआँ। इससे पहले कि मैं मुँह पर रुमाल रखता, धुआँ मेरे चेहरे के चारों ओर फैल गया। तुरन्त मुझे खाँसी का दौरा शुरू हुआ। लेकिन लड़की के ऊपर इसका कोई असर न हुआ। वह अपनी गर्दन खिड़की से बाहर निकाले, काले धुएँ में जूझते बालों की परवाह किए बग़ैर एकटक उस दिशा में देखती रही जिस ओर गाड़ी जा रही थी। धुएँ और बल्ब की रोशनी के बीच मैं यह सब देख रहा था। आहिस्ता-आहिस्ता मिट्‌टी और सूखे पत्तों की भीनी-भीनी खुशबू से वातावरण भरने लगा। मुझे खाँसी से थोड़ी राहत मिली। अगर यह न होता तो मैं सोचने पर मजबूर हो गया था कि इस लड़की को डाँटू और पहले की तरह खिड़की बन्द करने को कहूँ।

मैं यह सोच ही रहा था कि गाड़ी चुपके से सुरंग के बाहर निकल गई। गाड़ी सूखे, उजाड़ पहाड़ों के बीच होते हुए एक गरीब कस्बे के बाहर स्थित रेलवे क्रॉसिंग के नज़दीक आ चुकी थी। क्रॉसिंग के आस-पास पुआल और खपरैल के टूटे-फूटे घर एक तंग बस्ती का दृश्य प्रस्तुत कर रहे थे। क्रॉसिंग पर तैनात रेल कर्मचारी अपनी हलकी सफेद झण्डी हिला रहा था। सुरंग से निकलते ही मैंने रेलवे-क्रॉसिंग की सुनसान घेराबन्दी के उस तरफ तीन बच्चों को एक दूसरे से सटे खड़ा देखा। उनके गाल ठण्ड से सुर्ख थे। तीनों के नन्हे-नन्हे पाँव देखकर ऐसा लगा मानो गहरे ठण्डे कोहरे से

सिकुड़ गए हों। उनके फीके पड़े कपड़े कस्बे की मुफ़लिसी से मेल खाते थे। अपनी पतली-सी गर्दन उठाए वे गाड़ी को उत्सुक निगाहों से देख रहे थे। तभी अचानक हाथ को ऊपर उठाकर वे ज़ोर-ज़ोर से कुछ कहने लगे।

इधर लड़की भी अपने आधे से अधिक शरीर को खिड़की से बाहर निकाले अपने हाथों को पूरे दम से दायें-बायें हिला रही थी। कुछ क्षण बाद ऐसा लगा मानो वह कुछ फेंक रही हो। तभी मैंने देखा कि डूबते सूरज के रंग के पाँच-छः संतरे एक-एक कर उन बच्चों के ऊपर पड़ रहे हैं। बड़ा ही भावविह्वल कर देने वाला दृश्य था।

मैंने अनायास ही गहरी साँस ली। अब तक लड़की द्वारा की गई सारी हरकतों को समझने में कोई देर न लगी।

शायद यह लड़की अब कहीं किसी दूसरे घर नौकरी करने जा रही थी और विदा करने इतनी दूर रेलवे-क्रॉसिंग तक आए अपने छोटे भाइयों को धन्यवाद के रूप में उसने अपनी गठरी में रखे कुछ संतरे उनकी ओर फेंके थे।

गोधूलि में रमा इस कस्बे का रेलवे-क्रॉसिंग, चिड़ियों की सुरीली आवाज़ में उन तीन बच्चों के स्वर और एक-एक गिरते वे रसभरे संतरे यह सब कुछ जो गाड़ी की खिड़की के बाहर घटित हुआ, पलक झपकते ही ओझल हो गया। परन्तु ये मेरे दिलो-दिमाग़ पर एक गहरी छाप छोड़ गए।

अचानक एक अनजान खुशी की अनुभूति भी हुई। इसी अद्‌भुत खुशी के रस में डूबे मैंने अपना सिर उठाया और

एक नई दृष्टि से उस लड़की को देखने लगा। लड़की न मालूम कब अपनी पहले की जगह पर जा बैठी थी। वही फटा पपड़ीदार चेहरा, वही हरा-भूरा मफ़लर, बड़ी-सी गठरी, लटके हाथों में जकड़ कर पकड़ा वह तीसरे दर्ज़े का लाल टिकट........।

तब पहली बार मैं थकान और आलस्य से बोझिल, निरर्थक और बेजान जिंदगी को थोड़ी देर के लिए भूल सका।

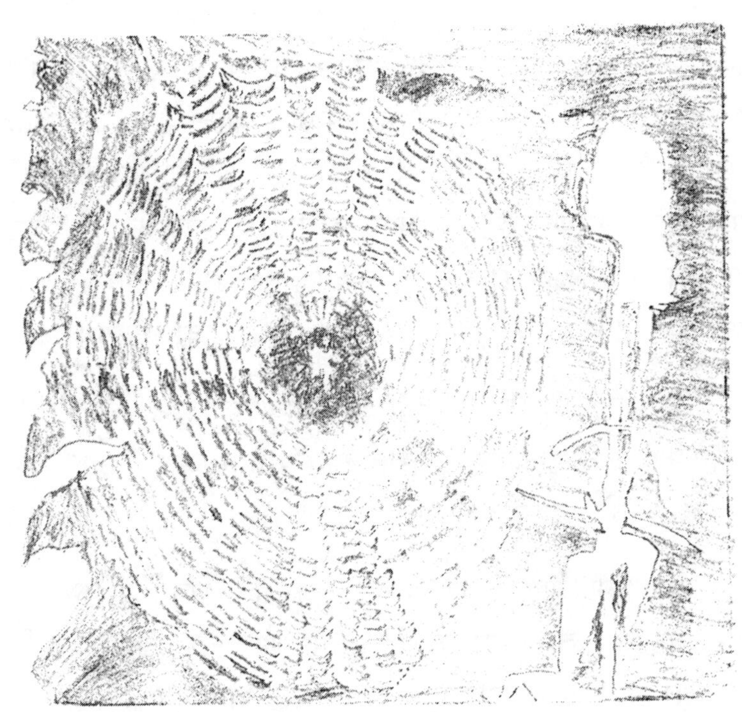

मकड़ी के जाल का एक तार

एक दिन की बात है। साकामुनि स्वर्गलोक में कमल-ताल के किनारे टहल रहे थे। ताल में खिले कमल के सारे फूल मणि की तरह एकदम श्वेत थे। फूल के बीचोबीच लगे पुंकेसर व स्त्री-केसर से निकलती हुई तेज़ खुशबू चारों दिशाओं में फैली हुई थी। शायद स्वर्गलोक में यह सुबह का समय था।

तभी अचानक साकामुनि ताल के किनारे रुके और पानी की सतह पर फैले कमल के पत्तों के बीच से नीचे का दृश्य

देखने लगे। स्वर्गलोक के इन कमल के फूलों के ठीक नीचे नरक पड़ता है। मणि की तरह चमकने वाले पानी की सतह से नीचे देखने पर सानज़ू नदी और सुइयों के पहाड़ का दृश्य इतना साफ दिखता है जैसे कोई दूरबीन या बाइस्कोप से देख रहा हो। नरक के धरातल पर कानदाता नामक व्यक्ति अपने अपराधी साथियों के साथ छटपटाते हुए नज़र आया।

कानदाता अपनी जिन्दगी में बहुत ही दुष्ट व्यक्ति था जिसने लोगो को जान से मारने और घरों में आग लगाने जैसे तरह-तरह के जघन्य अपराध किए थे।

हाँ, ऐसा याद आता है कि इन सब अपराधों के बीच उसने एक अच्छा काम ज़रूर किया था। और वह यह कि एक बार जब कानदाता एक घने जंगल से गुजर रहा था तो उसे एक छोटा मकड़ा सड़क के किनारे नज़र आया। कानदाता अपने पैर से मकड़े को कुचलने को हुआ ही था कि उसे खयाल आया, "नहीं, नहीं, यह छोटा जरूर है परन्तु इसमें भी प्राण हैं। इसको इस बेरहमी से मार देना अनुचित होगा।" और इस तरह मकड़े पर प्रहार न कर उसने मकड़े की मदद की।

नरक का नज़ारा लेते हुए साकामुनि को कानदाता के मकड़े की जान बचाने वाली घटना याद आ गई। इसलिए केवल इस पुण्य कार्य के बदले कानदाता को किस तरह नरक से निकाला जाए, साकामुनि इसी उधेड़बुन में डूब गए। ठीक

उसी वक्त क़िस्मत से हरे रंग के मणि जैसा दिखने वाले स्वर्गलोक की एक मकड़ी कमल के पत्ते के ऊपर अपना सुन्दर-सा स्लेटी रंग का जाल डाले थी। साकामुनि ने धीमे से उस मकड़ी के जाल के एक तार को अपने हाथ में लिया और नगीने की तरह चमकने वाले सफ़ेद कमल के पत्तों के बीच से सीधे नीचे नरक में लटका दिया।

नरक में खून के तालाब का दृश्य है। अन्य अपराधियों के साथ कानदाता कभी खून के तालाबा में डूब जाता है तो कभी उसमें तैरता नज़र आता है। यहाँ हर तरफ कूप अँधेरा है। अगर कभी इस अँधेरे मे कोई चीज़ अनायास ही चमकती दिखती है तो वह भयानक सुइयों के पहाड़ की नुकीली सुइयाँ हैं। ऊपर से वातावरण भी किसी कब्रिस्तान की तरह शांत है। सिर्फ सुनाई देती हैं तो अपराधियों की गहरी साँसें। सिर्फ गहरी साँसें ही इसलिए क्योंकि यहाँ तक पहुँचे ये अपराधी नरक की अंनेकों मुश्किलें पार करके थक चुके हैं और अब तो उनमें शायद रोने की भी शक्ति नहीं बची। इसीलिए माहिर चोर कहलाने वाला कानदाता भी इस खून के तालाब में घुट-घुट कर मेढक की तरह मरने की हालत में पीड़ित-सा पड़ा है।

थोड़ी देर बाद अचानक जब कानदाता की निगाहें आसमान की ओर उठती हैं तो वह देखता है कि घनघोर अँधेरे को चीरते हुए दूर से मकड़ी के जाल का एक स्लेटी

चमकदार तार ठीक उसके ऊपर लटक रहा है। इस अविश्वसनीय चमत्कार को देखते ही अनजाने में कानदाता ताली बजाकर अपनी खुशी जाहिर करता है। वह सोचने लगता है कि तार की मदद से कम से कम इस नरक से तो निकला जा सकता है। नहीं, शायद अगर तार को ठीक से पकड़ा जाए तो स्वर्ग पहुँचना भी संभव हो सकता है। अगर ऐसा हुआ तो सुइयों के पहाड़ पर जाने से भी बचे और खून के तालाब में डूबने से भी। कानदाता ने झटपट मकड़ी के जाल के तार को दोनों हाथों से कस कर पकड़ा और उसके सहारे बड़ी होशियारी से ऊपर और ऊपर चढ़ने लगा। चोरी करने में उसे महारत तो हासिल थी ही, इसलिए ऐसे काम में उसे कोई मुश्किल नहीं हुई।

परन्तु नरक और स्वर्ग के बीच की दूरी कोई मामूली तो थी नहीं। न मालूम कितने मील का फासला था। इसलिए कानदाता कितनी भी जल्दी चढ़ता, इस दूरी को तय कर पाना आसान न था।

ऊपर चढ़ते-चढ़ते आख़िरकार कानदाता भी थक कर चूर हो गया, उससे अब थोड़ा भी और ऊपर न चढ़ा गया। लाचार होकर थोड़ा सुस्ताने के खयाल से वह एक स्थान पर जाकर रुक गया। बीच में लटके ही उसने अपने ठीक नीचे बहुत दूर तक निगाहें डालीं। वह इतनी दूर चढ़ आया था कि उसे खुद गर्व की अनुभूति हो रही थी। खून का तालाब अँधेरे

में कहीं विलीन हो गया था और वह सुइयों का पहाड़ भी जिसकी सुइयाँ कभी-कभी चमक उठती थीं अब उसके काफी नीचे छूट चुका था.

उसने सोचा, अगर इस तरह उसके चढ़ने की रफ्तार रही तो शायद नरक से बाहर निकलना उतना मुश्किल नहीं है। कानदाता ने दोनों हाथों से तार लपेट लिया और जोर से चीखते हुए बोला, "अब जीत मेरे हाथ में है।"

शायद नरक में आने के बाद पहली बार वह इतने ऊँचे स्वर में बोल सका था। परन्तु अचानक उसे महसूस हुआ कि नीचे से अनगिनत अपराधी चींटी की तरह कतारबद्ध हो गए थे और वे लोग भी तार के सहारे ऊपर चढ़ने की अपनी भरपूर कोशिश में लगे थे।

कानदाता को अपनी आँखों पर विश्वास न हुआ। घबड़ाहट और अचम्भे में उसका मुँह थोड़ी देर के लिए खुला का खुला रह गया और आँखें फटी की फटी। वह सशंकित था कि जिस पतले तार से उसका ही बोझ न सँभाला जाएगा वह इतने सारे अपराधियों का बोझ कैसे सह पाएगा? बीच में अगर यह तार कहीं टूट जाए तो यह दूरी जो मैंने इतनी मेहनत से तय कर ली है, व्यर्थ चली जाएगी और मैं भी इन लोगों के साथ एक बार फिर सीधे नरक में सिर के बल गिरूँगा। अगर ऐसा सचमुच हुआ तो यह बड़ी दुर्भाग्यपूर्ण बात होगी। वह यह सब सोच ही रहा था कि उसने देखा,

हजारों-लाखों अपराधी एक कतार में तार को बड़ी होशियारी से पकड़े ऊपर चढ़ते चले आ रहे थे।

कानदाता परेशान था कि अगर अभी कुछ न किया गया तो इस तार को टूटने से कोई रोक नहीं सकता।

कानदाता से रहा न गया और अपराधियों के ऊपर चिल्लाते हुए बोला, "अरे ओ, अपराधियो, यह तार मेरी अमानत है। तुम लोग आख़िर किससे पूछ कर ऊपर चढ़ते चले आ रहे हो? उतरो, नीचे उतरो।" उसी समय जो तार अब तक सही-सलामत था वह ठीक उसी स्थान से टूटा जहाँ कानदाता लटका था। और इस तरह कानदाता को भी लाचार अन्य अपराधियों के साथ पुनः नरक में सिर के बल गिरने में देर न लगी।

बस, बचा था तो स्वर्गलोक का आधा, पतला मकड़ी के जाल का एक तार जो चाँद और तारों की अनुपस्थिति में बीच में ही लटका चमक रहा था।

साकामुनि स्वर्गलोक के कमल-ताल के किनारे खड़े, यह सब शुरू से आखिर तक देख रहे थे। कानदाता जब वापस खून के तालाब में गिर गया तो उन्हें इसका बहुत दुख हुआ और इसी दुखी मन से वे फिर से टहलने लगे। अपने आपको नरक से बाहर निकालने की कोशिश में कानदाता का अपने साथियों का लिहाज़ न करना साकामुनि की नज़र में एक नीच

काम था। और इस नीचता के लिए उसका फिर से नरक में गिर जाना बतौर एक सज़ा थी।

परन्तु स्वर्गलोक के कमल-ताल के कमल पर इसका जरा भी फ़र्क न पड़ा। वही मणि जैसा सफ़ेद फूल साकामुनि के पैरों के चारों ओर अपनी झूमती पँखुड़ियों के बीचोबीच स्थित स्त्री-केसर से लगातार मनोरम खुशबू फैलाए था। स्वर्गलोक में भी लगभग दिन का वक्त हो चला था।

तोशिशुन

बसंत का मौसम था। दिन ढलने को था। *राकुयो*[1] के पश्चिमी द्वार के नीचे बैठा एक नौजवान निरूद्देश्य आसमान की ओर देख रहा था।

---

1. प्राचीन चीन का महानगर जो अपनी समृद्धि के लिए प्रसिद्ध था। आज यह शहर कानानशोकानान के नाम से जाना जाता है।

इस नौजवान का नाम तोशिशुन था। वास्तव में यह किसी धनवान का बेटा था परन्तु अपना सारा धन खा-पका चुका था। अब इसकी हालत इतनी दयनीय हो चुकी थी कि एक दिन का गुज़ारा भी मुश्किल था।

जो कुछ भी हो उस समय के राकुयो शहर का कोई और सानी इस धरती पर नहीं था। राकुयो के समृद्ध होने के कारण उसकी सड़कें लोगों और वाहनों के चहल-पहल से हमेशा भरी रहती थीं। बूढ़ों के सिर पर पतले रेशमी टोप, औरतों के कानों में सजी तुर्की की बालियाँ, सफ़ेद घोड़ों की रंग-बिरंगी धागों से बनी आकर्षक लगाम, लगातार द्वार पर झिलमिलाती शाम की लाली, सब मिलाकर ऐसा प्रतीत होता था जैसे कैन्वस पर उतारा कोई तैलचित्र हो।

परन्तु इन सबसे बेख़बर तोशिशुन द्वार की दीवार से टेक लगाए एकटक सिर्फ़ आसमान की ओर देख रहा था। आसमान में नाखून के अवशेष के बराबर चाँद, धुँध के बीच तैरता हुआ नज़र आ रहा था।

''दिन ढल रहा है, भूख सता रही है, और ऊपर से रात के लिए कोई ठिकाना भी नहीं। ऐसी ज़िन्दगी से तो अच्छा है कि नदी में कूद कर अपनी जान दे दूँ।''

तोशिशुन को यह खयाल बार-बार आ रहा था। तभी न मालूम कहाँ से अचानक एक बूढ़ा वहाँ आया जो एक आँख से अंधा था। डूबते सूरज की तिरछी रोशनी की सिंदूरी शाम में उसकी लम्बी परछाईं द्वार पर पड़ रही थी। उसने

तोशिशुन को बड़े ग़ौर से देखा और घमण्ड से पूछा, ''तुम यहाँ पर पड़े-पड़े क्या सोच रहे हो?''

''मुझसे कहा?... मेरे पास आज रात सिर छिपाने को कोई जगह नहीं है। इसलिए यही सोच रहा हूँ कि कहाँ जाऊँ।'' बूढ़े व्यक्ति का प्रश्न इतना अकस्मात और अनपेक्षित था कि तोशिशुन आँखें झुकाए बिना सोचे, भोले मन से कह गया।

''ऐसी बात है? यह तो वाकई बड़ी परेशानी की बात है।''

यह कह कर बूढ़ा कुछ सोचने लगा। सड़क पर पड़ रही शाम की लम्बी छाया की ओर संकेत करते हुए वह बोला, ''अच्छा, मैं तुम्हें एक अच्छी बात बताता हूँ। तुम इस रोशनी में खड़े हो जाओ। तुम्हारी परछाईं धरती पर पड़ेगी। परछाईं में जो सिर का हिस्सा हो, उतना अगर तुम मध्यरात्रि के समय खोदोगे तो तुम्हारे लिए अच्छी बात होगी। खोदने पर जरूर तुम्हें एक खज़ाने से लदा वाहन मिलेगा।''

''क्या सचमुच ऐसा होगा?''

तोशिशुन ने हैरानी से अपनी नजरें ऊपर उठाकर पूछा। लेकिन आश्चर्य की बात यह थी कि वह बूढ़ा गायब हो चुका था। आस-पास नज़र दौड़ाने पर उसके वहाँ कुछ देर पहले तक होने का कोई निशान भी न मिला। आसमान में चाँद का रंग अब और गहरा और साफ हो चला था। चमगादड़

फड़-फड़ करते फुर्ती से वहाँ आने-जाने वाले मुसाफिरों के ऊपर मँडरा रहे थे।

[2]

बूढ़े के कहे अनुसार तोशिशुन ने मध्यरात्रि में अपने सिर की परछाईं पड़ने वाली जगह को खोदा। सचमुच एक बड़ी गाड़ी में उसे ढेर सारा सोना पड़ा मिला। तोशिशुन एक दिन के भीतर ही राजधानी राकुयो का सबसे धनवान व्यक्ति बन गया।

धनवान बनने के उपरान्त तोशिशुन ने एक आलीशान बंगला खरीदा और बड़े ठाट-बाट से अपने दिन गुज़ारने लगा। उसके ठाट-बाट और खर्च का आलम तो *गेनसोउकोउतेई*[2] से भी कहीं बढ़-चढ़ कर था।

जगह-जगह से बेहतरीन शराब मँगवाना, केइशू से असाधारण रूप से महँगा फल *र्‌यूगाननीकू*[3] मंगवाना, दिन में

---

2. राकुयो के छठे सम्राट (685-762) को शुरू में एक श्रेष्ठ शासक होने के नाते प्रसिद्धि मिली परन्तु बाद में रानी के प्यार एवं ऐशो-आराम में डूबे रहने की वजह से अपनी उपाधि और गद्दी दोनों गँवा बैठे।

3. एक तरह का फल जो औषधि के काम में भी लाया जाता है।

चार बार रंग बदलने वाले वृक्षों से बगीचे को सजाना, ढेर सारे सफेद तोतों को पालना और उड़ाना, बहुमूल्य पत्थर इकट्ठे करना, सोने-चाँदी के जड़े वस्त्र बुनवाना, खुशबूदार कीमती लकड़ी की गाड़ियाँ, और हाथी दाँत की कुर्सियाँ बनवाना इत्यादि। इस तरह तोशिशुन के ठाट-बाट और ऐयाशी का बखान किया जाए तो यह कहानी कभी खत्म नहीं होगी।

तोशिशुन की ऐयाशी और ठाट-बाट की ख़बर फैलते देर न लगी। अभी तक जो लोग रास्ता चलते उससे बात तक नहीं करते थे, अब सुबह-शाम उसके घर आने-जाने लगे, और जल्दी ही उसके खास दोस्त बन बैठे। तोशिशुन के घर आने-जाने वालों की संख्या दिन-ब-दिन बढ़ने लगी। आधे साल के ही अन्दर राकुयो शहर के मशहूर लोगों में से एक भी ऐसा व्यक्ति नहीं था जो उसके यहाँ आता-जाता न हो। मेहमानों की खातिर में तोशिशुन इतना खो गया कि रोज़ मदिरा की नदी ही बहने लगी। ऐसी जमघट में होने वाले तमाशों की संख्या इतनी ज्यादा थी कि मुँह से बयां करना मुश्किल है। उनमें से कुछ तो इस प्रकार के थे:

> तोशिशुन अपने सोने के कमरे में, पश्चिम से मँगवाई अंगूरी शराब का लुत्फ़ लेता, भारतीय जादूगरों के गर्म तलवार को मुँह में ले जाने जैसे हैरतअंगेज़ कारनामे देखता, ऊपर से आस-पास बीस औरतों, जिनमें दस के सिर पर नीले रंग के बहुमूल्य पत्थर से बना कमल और बाकी के दस के सिर पर गेरूए

रंग के पत्थर से बना *बोतान*[4] फूल सज रहा होता था, का बाँसुरी और *कोतो*[5] बजाना आदि। ये सब एक रोमांचक दृश्य प्रस्तुत करते और तोशिशुन की ऐयाश ज़िंदगी को दर्शाते।

लेकिन आदमी कितना भी धनी क्यों न हो, आख़िर एक दिन उस धन का भी अन्त होता ही है। तोशिशुन की ऐयाशी भी ज़्यादा दिन तक नहीं चली। एक साल बीता और फिर दूसरा। उसकी हालत ख़स्ता होने लगी। जैसे-जैसे तोशिशुन की गरीबी सामने आने लगी वैसे-वैसे मनुष्य का स्वार्थी और हृदयहीन चेहरा भी सामने आने लगा। कल तक उसके दोस्त कहलाने वाले लोग मिलना तो दूर उसे नमस्कार भी न करते।

तीसरे साल के बसंत तक उसकी गरीबी और बढ़ी और अंततः उसकी हालत पहले जैसी पतली हो गई। उसके पास एक फूटी कौड़ी भी नहीं बची थी। इतने बड़े राकुयो शहर में उसको ठहरने की जगह देने वाला कोई भी न था। जगह

---

4. बगीचे में पैदा होने वाला एक प्रकार का फूल (Peony) जो प्रायः लाल, गुलाबी या सफेद रंग का होता है।

5. तेरह तार वाली जापानी वीणा।

तो दूर, अब दया-भाव से उसे एक कटोरा पानी भी देने वाला कोई न था।

विवश तोशिशुन एक शाम फिर राकुयो के पश्चिमी द्वार के नीचे आसमान की ओर एकटक लगाए असमंजस में पड़ा था कि अब वह क्या करे? उसी वक्त पहली बार की तरह, वही काना बूढ़ा उपस्थित हुआ और पूछने लगा, "क्या सोच रहे हो?"

तोशिशुन ने बुज़ुर्ग को देख अपनी आँखें शर्म से नीचे झुका लीं, पर कुछ न बोला।

बुज़ुर्ग ने बड़े प्यार से फिर पूछा।

तोशिशुन दुबारा पूछे जाने पर डरते-डरते बोला, "मेरे पास आज रात ठहरने की जगह नहीं है। मैं दुविधा में हूँ कि अब क्या करूँ?"

"ओ! यह तो बड़ी परेशानी की बात है। मैं तुम्हें एक अच्छा उपाय बताता हूँ। तुम ऐसा करो कि आज की शाम धरती पर तुम्हारी परछाईं जहाँ पड़े उसकी छाती वाली जगह को मध्यरात्रि में खोदना। जरूर तुम्हें सोने से भरी गाड़ी मिलेगी।" यह कहकर फिर से वह वृद्ध पलक झपकते ही गायब हो गया।

दूसरे ही दिन तोशिशुन फिर से दुनिया का सबसे बड़ा धनवान व्यक्ति बन गया और इसके साथ ही फिर से शुरू हुई ऐयाशी और ठाट-बाट की ज़िंदगी। बगीचे में खिल-रहे

वही *बोतान* के फूल, उसके बीच सोए सफेद तोते, भारत से आए जादूगरों का गर्म तलवार मुँह में रखना, इत्यादि। सब पहले की तरह एक बार फिर होने लगा।

इसीलिए, पहाड़-सा सोने का ढेर भी धीरे-धीरे खत्म होने लगा। तीन साल बीतते ही सारा धन भी सफाचट हो गया और तोशिशुन पुनः पहले जैसी गरीबी की हालत में आ गया।

[3]

"तुम क्या सोच रहे हो ?"

काना बुजुर्ग तीसरी बार तोशिशुन के सामने आकर पहले की तरह सवाल करने लगा। ज़ाहिर है कि इस वक्त भी वह राकुयो के पश्चिमी द्वार के नीचे धुंध के बीच महीन चाँद को देखते हुए चुप-चाप वहाँ खड़ा था।

"मैं? मेरे पास फिर कोई जगह नहीं जहाँ मैं आज की रात गुज़ार सकूँ। मैं यही सोच रहा हूँ कि क्या करूँ?"

"अच्छा? यह तो बड़ी ही दयनीय बात है। अच्छा, तो मैं तुम्हें एक बढ़िया उपाय बता देता हूँ। तुम अभी इस ढलते सूरज की रोशनी में अपनी परछाईं को देखो। और जहाँ तुम्हारे पेट की छाया पड़े उस जगह को खोदो। जरूर एक गाड़ी भर ..."

अभी बुज़ुर्ग अपनी बात पूरी करता कि तोशिशुन बीच में ही बात काटते हुए बोला, "नहीं, मुझे अब धन-दौलत नहीं चाहिए।"

"धन-दौलत नहीं चाहिए? ऐसा लगता है कि तुम ऐशोआराम की ज़िंदगी से अब ऊब गए हो?" बुज़ुर्ग संदेह की निगाहों से तोशिशुन की ओर घूरते हुए बोला।

"क्या कहते हो? मैं ऐशोआराम की ज़िंदगी से नहीं बल्कि इनसान से ऊब गया हूँ।" तोशिशुन झल्लाते हुए कड़वे शब्दों में बोला।

"यह तो बहुत ही दिलचस्प बात है। लेकिन एक बात समझ में नहीं आ रही कि इनसानों के प्रति तुम्हारे खयाल में यह तबदीली कैसी?"

"सारे इनसान निर्दयी होते हैं। जब मैं धनवान था तो लोग चापलूसी करते थे और अच्छी तरह से पेश आते थे परन्तु मेरे निर्धन होते ही उनके बदलते तेवर बस देखने लायक हैं। अपने चेहरे से भी वे सहृदय नहीं जान पड़ते। ये सब बातें मुझे यह सोचने पर विवश करती हैं कि अगर और एक बार मैं धनी बन भी गया तो कोई फायदा नहीं।" तोशिशुन की बातें सुनकर बुज़ुर्ग दाँत निपोड़ कर हँसने लगा।

"ऐसी बात है? तुम और नौजवानों से भिन्न हो और तुम्हारी चीजें पहचानने की क्षमता भी प्रशंसनीय है। तो क्या तुम गरीबी की हालत में भी यह चाहते हो कि आराम की ज़िंदगी जी सको?"

तोशिशुन थोड़ा झिझका। परन्तु तुरंत ही आँखें उठा बुज़ुर्ग से विनती करते हुए बोला, ''वह भी मुझसे नहीं होगा। इसलिए मैं आपका शिष्य बनकर मायावी कौशल प्राप्त करना चाहता हूँ। मैं आपसे कुछ नहीं छिपा रहा हूँ। आप सचमुच एक महान् तेजस्वी साधु मालूम पड़ते हैं। तभी तो एक ही रात में मुझे धरती का सबसे धनाढ्य बना देने की क्षमता रखते हैं। कृपा करके मेरे गुरु बन कर मुझे यह अद्‌भुत कला सिखा दीजिए।''

बुज़ुर्ग चिन्तित हो कुछ सोचने लगा और फिर थोड़ी देर बाद हँसते हुए बोला, ''जो भी हो, मैं *गाबिसान*[6] में रहने वाला तेक्कानशी नाम का साधु हूँ। जब मैंने पहली बार तुम्हें देखा तो लगा कि तुममें चीजों को पहचानने-समझने की क्षमता है और इसीलिए मैंने दो बार तुम्हें अमीर बनाया। परन्तु अगर तुम्हारी इच्छा प्रबल है तो मैं तुम्हें अपना शिष्य बनाने के लिए तैयार हूँ।'' बुज़ुर्ग ने सहृदय तोशिशुन की प्रार्थना स्वीकार करते हुए कहा।

तोशिशुन की ख़ुशी का ठिकाना न रहा। अभी बुज़ुर्ग की बात पूरी भी नहीं हुई थी कि उसने अपना माथा कई बार ज़मीन पर टिकाकर तेक्कानशी को दण्डवत् किया।

''अरे! इसकी जरूरत नहीं है। मेरा शिष्य बनने के

---

6. चीन के सेनशो नामक जगह के पश्चिम में स्थित गाबी प्रांत से पश्चिम-दक्षिण दिशा के पहाड़ की ओर; साधु-सन्तों का निवास-स्थान।

बावजूद तुम एक पहुँचे साधु बन पाओगे या नहीं ये सब तुम्हारे ऊपर निर्भर करता है। फिर भी, अच्छा रहेगा कि तुम मेरे साथ गाबिसान के छोर तक चलो। अरे! कैसा संयोग है कि एक बाँस की टहनी यहाँ नीचे गिरी पड़ी है। चलो, इस पर सवार हो हम आसमान में उड़ते हैं।"

तेक्कानशी ने वहाँ पर पड़ी बाँस की छड़ी को उठाया और कोई मंत्र बुदबुदाते हुए तोशिशुन के साथ उस पर ऐसे बैठा जैसे घोड़े पर सवार हो। हैरानी की बात यह थी कि तुरंत बाँस की छड़ी एक ड्रैगन के रूप में परिवर्तित हो स्वच्छ बसंत की लाली बिखेरती संध्या में गाबिसान की ओर उड़ने लगी।

तोशिशुन के आश्चर्य का ठिकाना न था। वह डरते हुए नीचे की ओर देखता। परन्तु नीचे तो केवल शाम की धुँधली रोशनी में हरे-हरे पहाड़ ही नज़र आ रहे थे। राजधानी राकुयो का पश्चिमी द्वार तो धुंध में कहीं छिप गया था। चारों ओर नजरें घुमाने से भी दिखता न था।

इसी बीच तेक्कानशी जिसके कानों के ऊपर के सफेद बाल हवा में उड़ रहे थे, ज़ोर से गाने लगा:

"आशिता होक्काई नी . . .
सुबह उत्तर के समुद्र में खेलें
और शाम में दक्षिण के सोगो में।
अपनी पोशाक की बाँहों के अन्दर
एक विशाल नीला साँप लिए

एक बहादुर होने का अहसास।
तीन बार मैं राकुयो में आया
लेकिन किसी को भी पता न चला।
ऊँचे स्वर में गा रहा हूँ –
मस्ती से तेइको के ऊपर उड़ते हुए।''

[4]

जल्दी ही हरे बाँस की छड़ी दोनों सवार लिए गाबिसान में हिचकोले खाती हुई उतरी। यह जगह एक विशाल चट्‌टान के ऊपर स्थित थी जो एक गहरी घाटी के सामने थी। जगह काफी ऊँची थी। आसमान के बीचोबीच चमकता ध्रुवतारा एक प्याले के समान दिख रहा था।

पहाड़ एकदम सुनसान था और लोग–बाग तो यहाँ पहले से ही नहीं आते थे। अगर कोई आवाज़ सुनाई देती थी तो सिर्फ एक चीड़ की खूँटी की जो हवा के टकराने से उत्पन्न होती थी।

तेक्कानशी तोशिशुन को इस ऊँची चट्‌टान पर बैठाते हुए बोला, ''मैं अब आकाश में जाकर देवी माँ से मिलकर आता हूँ। अच्छा होगा कि मेरे वापस लौटने तक तुम यहाँ बैठे मेरा इंतज़ार करो।'' कुछ रुक कर वह फिर बोला, ''हाँ, शायद मेरी अनुपस्थिति में यहाँ तरह–तरह के जादुई करिश्में हों और

तुम्हें बहलाने की कोशिश करें। लेकिन एक बात का खयाल रखना कि चाहे कुछ भी हो जाए मगर तुम्हारे मुँह से आवाज़ न निकले। एक बात और ग़ौर से सुनो कि अगर तुम्हारे मुँह से एक शब्द भी निकला तो तुम कभी भी मायावी शक्ति नहीं हासिल कर पाओगे।''

''समझ गए न? धरती-आसमान चाहे फट जाए, तुम्हें यहाँ हर हालत में अडिग और चुप रहना होगा।''

''आप फिक्र न करें। मैं अपने मुँह से बिलकुल आवाज़ नहीं निकालूँगा चाहे मेरी जान क्यों न चली जाए। मैं एकदम चुप रहूँगा।''

''ऐसी बात है तो अब मैं निश्चिंत होकर जा सकता हूँ। अच्छा, मैं थोड़ी देर में लौटता हूँ।'' कहते हुए वृद्ध साधु ने तोशिशुन से विदा ली और बाँस की लाठी पर सवार हो रात के अँधेरे में दिखाई दे रहे ऊँचे पहाड़ों की चोटी की ओर ओझल हो गया।

तोशिशुन अकेला चट्टान पर बैठा चुपचाप तारों को निहारने लगा।

लगभग एक घंटे के बाद रात की ठण्डी हवा में उसका पूरा शरीर ठिठुरने लगा। तभी अचानक एक आवाज़ आई, ''वहाँ पर कौन बैठा हुआ है?'' परन्तु तोशिशुन कुछ न बोला। वह मायावी साधु के कहे अनुसार चुपचाप बैठा रहा।

फिर, थोड़ी देर बाद वही आवाज़ सुनाई दी, "अगर तुरन्त जवाब न दिया तो समझ लो कि मिनटों में तुम्हारी मौत तुम्हारे सामने है।" वे स्वर तोशिशुन को कुछ डराने के अंदाज में थे।

तोशिशुन फिर भी चुप रहा।

तभी न मालूम कहाँ से चमकती आँखों वाला एक बाघ आ धमका और तोशिशुन को घूरते हुए ज़ोर-ज़ोर से दहाड़ने लगा। केवल इतना ही नहीं बल्कि ठीक उसी वक्त साँय-साँय करती आवाज़, जिसे तोशिशुन पीछे चीड़ के पेड़ों की समझ रहा था, सुनाई देने लगी। एक विशाल सफेद साँप अपनी आग की लपटों जैसी जीभ लपलपाता तेज़ी से पीछे की दीवार से नीचे उतर रहा था। लेकिन तोशिशुन पर इसका भी कोई असर न हुआ। वह बिना पलक झपके बुत की तरह बैठा रहा।

बाघ और साँप तोशिशुन को निशाना बनाए, उसे पाने की होड़ में एक दूसरे को घूर रहे थे और अचानक एक ही वक्त दोनों उस पर टूट पड़े। बाघ के पैने दाँत उसे चबा जाते या फिर साँप उसे निगल ही जाता। तोशिशुन की जान जैसे अब जाने ही वाली थी कि बाघ और साँप दोनों ही धुएँ की तरह रात की हवा के साथ न मालूम कहाँ गुम हो गए। एक बार फिर पहले की तरह चीड़ के पेड़ों से हवा के झोंकों के साथ साँय-साँय की आवाज़ सुनाई देने लगी।

तोशिशुन ने राहत की साँस ली और अगली घटना का बेसब्री से इंतज़ार करने लगा।

हवा का एक और झोंका आया और स्याही के रंग का काला बादल पूरे आकाश पर छा गया। अँधेरे को चीरती हुई हलके बैंगनी रंग की बिजली चमकी और बादलों की गड़गड़ाहट सुनाई देने लगी और उसके साथ ही मूसलाधार बारिश भी होने लगी।

मौसम के इस उथल-पुथल के बीच भी तोशिशुन चुपचाप शांत भाव से बैठा रहा।

तेज़ हवा के झोंके, तड़ातड़ पड़ती बारिश की बूँदें और लगातार कड़कती बिजली, ऐसा लगा कि गाबिसान भी पलट जाएगा। तभी अचानक भयानक बिजली की गर्जन के साथ घने काले बादलों के बीच से आग का एक दहकता खम्बा तोशिशुन के सिर के ऊपर गिरा।

तोशिशुन फिर भी अपना कान दबाए निश्चिंततापूर्वक चट्टान के ऊपर उकड़ूँ बैठा रहा। दूसरे ही पल सन्नाटा विराज रहा था। तोशिशुन ने देखा, आसमान पहले की तरह साफ था और दूसरी ओर ऊँचे पहाड़ों के ऊपर कटोरे के आकार का ध्रुवतारा बड़ी मस्ती में चमक रहा था।

देखा जाए तो तूफान की हरकत भी उस बाघ और सफेद साँप की तरह ही तेक्कानशी की अनुपस्थिति में जादुई कारनामे के अलावा और कुछ नहीं थी।

अन्तत: तोशिशुन ने राहत की साँस ली। अपने माथे का पसीना पोंछते हुए आराम से चट्टान के ऊपर बैठ गया।

अभी तोशिशुन पूरी तरह राहत की साँस भी न ले सका था कि लगभग नौ मीटर लम्बे कद के बलशाली भगवान *शिनशो*[7], सोने का कवच पहने, हाजिर हुए। उनके हाथ में त्रिशूल था जिसको उन्होंने तोशिशुन की छाती पर तानकर, घूरते हुए गुस्से से कहा, ''अरे! आख़िर तुम्हारी यहाँ आने की जुर्रत कैसे हुई? यह गाबिसान पर्वत धरती के जन्म के समय से ही मेरा निवास-स्थान है। इसके बावजूद बिना किसी झिझक अगर कोई यहाँ आया है तो वह साधारण इनसान नहीं हो सकता। खैर, अगर तुझे अपनी जान प्यारी है तो मेरे प्रश्नों का तुरन्त जवाब दे कि तू है कौन?''

परन्तु तोशिशुन चुपचाप रहा जैसे उसके मुँह पर ताला लगा हो।

''जवाब देता है या नहीं? अच्छा, नहीं देता तो जो मर्जी आए कर; किन्तु जान ले कि इसके बदले में अभी मेरे सिपाही आकर तेरे शरीर के टुकड़े-टुकड़े कर देंगे।''

यह कहते हुए भगवान शिनशो ने त्रिशूल से दूसरी तरफ के पर्वतों की ओर कुछ इशारा किया। पलक झपकते ही अँधेरा छटा और अनगिनत सिपाही वहाँ बादलों की तरह छा गए। सिपाही बरछे, भाले और तलवार से लैस तोशिशुन के नज़दीक आने लगे।

---

7. भगवान बुद्ध की शिक्षा का अनुसरण करने वाले देवताओं के राजा।

तोशिशुन यह सब देखते ही घबरा उठा और अनायास चिल्लाने ही वाला था कि तुरन्त उसे तेक्कानशी के शब्द याद आ गए और उसने अपने डर पर फिर से काबू पा लिया।

भगवान शिनशो का क्रोध अपनी पराकाष्ठा पर था। तोशिशुन की ख़ामोशी का उस पर और क्या असर पड़ता।

"बहुत ज़िद्दी है तू। अगर जवाब न दिया तो वायदे के मुताबिक तेरी जान लेनी पड़ेगी ही" कहकर भगवान शिनशो ज़ोर से चिल्लाए और त्रिशूल को घुमाते हुए एक ही झटके में तोशिशुन को खत्म कर दिया। और गाबिसान के ज़र्रे-ज़र्रे को कँपा देने वाली हँसी के साथ न मालूम कहाँ गायब हो गए। ज़ाहिर है कि उसके बाद वे अनगिनत सिपाही भी हवा में ऐसे लुप्त हुए जैसे यह वास्तविक घटना न होकर कोई सपना हो।

कटोरनुमा ध्रुवतारा ठिठुरते हुए उस चट्टान पर अपनी रोशनी डाल रहा था। पीछे दीवार की ओर लगे चीड़ के पेड़ की टहनियों के हिलने की आवाज़ पहले की तरह वातावरण में व्याप्त थी। परन्तु तोशिशुन का पार्थिव शरीर ज़मीन पर बेजान पड़ा था।

[5]

तोशिशुन की मृत काया चट्टान पर औंधे मुँह पड़ी थी। परन्तु आत्मा शरीर से निकल नरक में पहुँच चुकी थी।

इस दुनिया और नरक के बीच एक रास्ता है जहाँ हमेशा बर्फानी हवा चलती रहती है और साल भर अँधेरा। तोशिशुन की आत्मा पत्ते की तरह उड़ते हुए शिनरा नामक भव्य महल के सम्मुख आ पहुँची। महल के सामने बहुत-से राक्षसों ने तोशिशुन को देखते ही उसे चारों ओर से घेर लिया और कठोरतापूर्वक सीढ़ियों के सामने बिठाया। उस सीढ़ी के ऊपर यमराज काले वस्त्र और सोने का मुकुट पहने गंभीरता से इधर-उधर देख रहा था।

"जरूर यह यमराज ही है जिसके बारे में मैंने सुना था। अब न मालूम आगे क्या होगा?" यह सोचकर तोशिशुन डरते-डरते वहाँ बैठ गया।

"ऐ! तुम गाबिसान पर्वत पर क्यों बैठे हुए थे?" यमराज का कठोर स्वर भूकंप की तरह सीढ़ियों पर गूँजने लगा।

तोशिशुन जैसे ही प्रश्न का उत्तर देने को हुआ कि तेक्कानशी के शब्द उसको याद आए, 'किसी भी हालत में मुँह से आवाज़ न निकालना।'

तोशिशुन केवल सिर लटकाए गूँगों की तरह बैठा रहा।

यह देखते हुए असुर यमराज ने अपना लकड़ी का पटरा[8]

---

8. प्राचीन समय में उच्च वर्ग या सम्राट से मिलने आये लोग बात करते समय लकड़ी के बने एक लम्बे पतले पटरे से अपना मुँह ढकते थे। ऐसे पटरे को **शाकू** कहते थे।

ऊपर उठाया और अपनी मूँछ पर ताव देते हुए गुस्से में चिल्लाते हुए कहा, "तुम क्या सोच रहे हो? शीघ्र जवाब देने में ही तुम्हारा भला है। नहीं तो नरक के कष्टों को भुगतना पड़ेगा।"

तब भी तोशिशुन पर कोई असर न हुआ और उसने अपने होंठ तक न हिलाए।

यमराज से यह देखा न गया और उसने राक्षसों की ओर मुड़कर क्रूरतापूर्वक कुछ कहा।

हुक्म पाते ही राक्षसों ने तोशिशुन को उठाकर शिनरा महल के ऊपर फेंक दिया।

नरक में, जैसा कि सभी जानते हैं, तलवारों के पहाड़ और खून के तालाबों के अलावा, जलती हुई आग की लपटों की घाटी और बर्फ का समुद्र जो भयंकर ठण्डा होता है, एकदम अँधेरे आकाश के नीचे एक दूसरे के साथ-साथ स्थित हैं। राक्षस एक-एक कर नरक के हरेक हिस्से से तोशिशुन को बारी-बारी से फेंकते रहे। नरक में तोशिशुन के ऊपर हुए अत्याचारों और कष्टों की गिनती मुमकिन नहीं है। जैसे तलवार से छाती को चीर कर फाड़ देना, आग की लपटों से मुँह का जलना, जीभ खींचना, शरीर के चिथड़े-चिथड़े करना, लोहे की मूसल से टकराना, गरम तेल की कड़ाही में उबलना, साँप द्वारा भेजा निगलवाना, गरूड़ से आँखें फुड़वाना इत्यादि।

इन सब जुल्मों को तोशिशुन धैर्यपूर्वक दाँत दबाए सहता रहा पर मुँह न खोला। तोशिशुन की इस ख़ामोशी पर राक्षस

भी शायद हक्के-बक्के हो गए और एक बार फिर रात के अँधेरे में उड़ते हुए शिनरा महल में लौट आए। पहले की तरह तोशिशुन को सीढ़ियों पर घसीटते हुए नरकाधिपति के सामने लाए और एक साथ स्वर मिलाकर बोले, ''यह मुज़रिम किसी भी तरह बोलने के लिए तैयार नहीं।''

यमराज भँवें सिकोड़ते हुए कुछ सोचने के पश्चात् एक राक्षस से मुखातिब हुए। ''इस व्यक्ति के माँ-बाप अवश्य ही जानवर के रूप में इस नरक में मौजूद हैं। तुम फ़ौरन उनको यहाँ लेकर आओ।''

राक्षस तुरन्त हवा में देखते-देखते तारों की रफ्तार से उड़ा और दो जानवरों के साथ महल के सामने लौटा।

जानवरों को देखकर जहाँ तोशिशुन अचंभित हुआ, वहीं आहत भी। यह स्थिति उसकी इसलिए भी थी कि वे घोड़े बहुत ही निर्बल थे। उनकी शक्ल तोशिशुन के मृत माँ-बाप की थी जिनको वह सपने में भी नहीं भूल सकता था।

''देखो, अगर तुम बिना झूठ बोले यह नहीं बताओगे कि तुम गाबिसान पर्वत पर क्यों बैठे हुए थे तो तुम्हारे माता-पिता को तुम्हारे सामने सताया जाएगा।''

तोशिशुन इस तरह डराए जाने पर भी चुप रहा और कुछ न बोला।

'यह कमबख्त तो बहुत ही खुदग़र्ज है। यह सिर्फ अपनी भलाई चाहता है चाहे इसके माँ-बाप को पीड़ा क्यों न सहनी पड़े।'

यमराज को तोशिशुन की खामोशी पर बेइंतहा गुस्सा आया और वह भयंकर आवाज़ में चिल्ला पड़ा। ऐसा प्रतीत हुआ जैसे शिनरा पर्वत खण्डित हो चूर-चूर हो जाएगा।

"मारो! मारो! इन दोनों जानवरों को इस तरह मारो कि इनके शरीर के चिथड़े-चिथड़े हो जाएँ।"

राक्षसों ने आदेश पाते ही लोहे के चाबुक उठाए और चारों ओर से बिना रुके घोड़ों को निर्दयता से पीटने लगे।

चाबुकों की पुरज़ोर बौछार घोड़ों पर पड़ने लगी और उनकी मांस पेशियाँ क्षत-विक्षत होने लगीं।

तोशिशुन के माता-पिता जो घोड़ों के रूप में थे अपने शरीर पर हो रहे प्रहार से पीड़ित, खून से आँखें लाल किए बहुत असहनीय हालत में बिलख रहे थे।

"क्यों? क्या अब भी नहीं बोलोगे?" राक्षस-नरेश ने तोशिशुन के जवाब की प्रतीक्षा में थोड़ी देर के लिए राक्षसों से चाबुक मरवाना बन्द किया।

घोड़े भी अब तक इतनी मार खा चुके थे कि उनका शरीर जगह-जगह से फट चुका था। हड्डियाँ टूटने से बिलकुल अधमरा होकर वे सीढ़ियों के सामने आकर गिर पड़े।

अनुत्तेजित और अटल तोशिशुन तेक्कानशी के शब्दों को याद करते हुए आँखें मूँदे था। तभी हलकी धीमी आवाज़ उसके कानों में पड़ी:

'तुम एकदम चिन्ता न करना बेटा! हमारे साथ कुछ भी हो परन्तु तुम्हारी ख़ुशी में ही हमारी ख़ुशी है। यह राक्षस राजा कितना भी बोले मगर तुम फिर भी चुप रहना।'

ये स्वर निश्चय ही परम्प्रिय माँ के थे। तोशिशुन ने अनायास ही आँखें खोलीं। उसने देखा कि एक शक्तिहीन घोड़ा ज़मीन पर गिरा पड़ा था और तोशिशुन को एकटक अपनी बुझती आँखों से देख रहा था।

तोशिशुन ने सोचा, 'इतनी असहनीय पीड़ा के बावजूद माँ अपने ऊपर पड़े चाबुकों के प्रति रोष व्यक्त न करते हुए केवल बेटे के बारे में ही चिन्तित है। ऐसे समाज में जहाँ अमीर हो जाने पर लोगों की चापलूसी और गरीबी में मुँह मोड़ लेना ही दिखता हो, माँ की यह निःस्वार्थ भावना निःसंदेह एक अहम बात है। इतनी तकलीफ और अत्याचार को सह लेना ही दृढ़ निश्चय का संकेत है।' तोशिशुन बूढ़े तेक्कानशी की दी गई चेतावनी भूलकर माँ के समीप घुटनों से लगभग लुढ़कते हुए पहुँचा और रुँधी आवाज़ में, 'माँ-माँ' कह, गले से लिपट गया।

[6]

माँ को पुकारना था कि ठीक उसी वक्त तोशिशुन शाम की गोधूलि में लिप्त राकुयो के पश्चिमी द्वार के नीचे अकेला खड़ा था।

धुँधला आसमान, सफेद अर्द्धचन्द्र, गाड़ियों की कतार और आते-जाते मनुष्यों की भीड़ सबकुछ तो गाबिसान पर्वत पर जाने के पहले जैसा ही था।

"कहो, कैसा रहा मेरा शिष्य बनना? मायावी साधु नहीं बन सकते, है न?" एक आँख से अँधे वृद्ध साधु ने मुसकराते हुए पूछा।

"नहीं बन सकता, नहीं बन सकता। परन्तु अपनी नाकामयाबी से भी मुझे एक अद्‌भुत ख़ुशी का आभास हुआ।"

तोशिशुन की आँखों में यह कहते-कहते अनायास ही आँसू भर आए और उसने बुजुर्ग के दोनों हाथ पकड़ लिए।

"मैं चाहे मायावी साधु बन भी जाता किन्तु नरक के शिनरा महल के सामने अपने माँ-बाप को चाबुकों की मार खाते हुए भला चुपचाप कैसे देख सकता था?"

"अगर तुम चुप रहते तो..." तेक्कानशी गंभीर चेहरा बनाए तोशिशुन को कठोर निगाहों से देखते हुए बोला।

"अगर तुम चुपचाप अपने माँ-बाप की पीड़ा को देखते रहते तो मैं तुम्हें ही मार डालता। अब तुम न तो मायावी साधु बनने की इच्छा रखते हो और न ही अमीर बनने की ख़्वाहिश, जिसे तुम पहले ही त्याग चुके हो। तो फिर अब तुम क्या बनने की इच्छा रखते हो?"

"मैं चाहे कुछ भी बनूँ, परन्तु एक बात तो साफ है

कि मैं इनसानियत और ईमानदारी की ज़िंदगी जीना चाहता हूँ।''

तोशिशुन के ये शब्द पहली बार स्पष्ट और आत्मविश्वास से भरे थे।

''मैं तुमसे अब दुबारा कभी नहीं मिलूँगा इसलिए अपना वचन याद रखना।''

तेक्कानशी यह कहते हुए वहाँ से चलने लगा परन्तु फिर रुककर तोशिशुन की ओर मुड़ा और मुसकान भरे चेहरे से बोला, ''अरे भाई, अच्छा हुआ, मुझे अभी याद आ गया कि सानतोशोताइआन के उत्तरी पहाड़ ताइज़ान की दक्षिणी पहाड़ी की तलहटी में मेरा एक घर है। उस घर को मैं खेत-खलिहान समेत तुम्हें भेंट करता हूँ। अच्छा होगा कि तुम वहाँ जाकर रहना शुरू करो। अभी वहाँ घर के आस-पास आड़ू के फूल[9] खिले होंगे।''

---

9. बुरी नज़र या प्रेत-आत्माओं से बचाने का संकेत।

शिरो

बसंत के अपराह्न की बात है। *शिरो*[1] नामक एक कुत्ता मिट्टी सूँघते हुए एक सुनसान सड़क पर चला जा रहा था। संकीर्ण सड़क के दोनों ओर बाड़ थी। बाड़ के बीचोबीच यहाँ-वहाँ चेरी के फूल खिले थे। शिरो बाड़ के साथ चलते-चलते अकस्मात ही योकोचो शहर की ओर मुड़ा और आश्चर्यचकित हो अचानक रुक गया।

शिरो का हैरान होना बेवज़ह न था। योकोचो से लगभग तेरह-चौदह मीटर की दूरी पर अपनी पोशाक पहने एक

---

1. सफेद रंग, जापानी मूल शब्द **शिरोई**।

शिकारी कुत्तों को पकड़ने का फंदा पीछे छिपाए एक काले कुत्ते को अपना निशाना बनाए था। उस काले कुत्ते का नाम कुरो[2] था जो शिकारी द्वारा फेंकी गयी रोटी या उसी तरह की कोई चीज़ खाने में मस्त था।

लेकिन शिरो के आश्चर्य का कारण केवल यही नहीं था। अगर शिरो इस कुत्ते को न जानता होता तो बात कुछ और थी। परन्तु शिकारी का निशाना जिस कुत्ते पर था वह शिरो के पड़ोस का पालतू कुत्ता था। हर सुबह जब भी शिरो और कुरो मिलते तो एक दूसरे की नाक सूँघते और इस तरह वे एक-दूसरे के प्रिय दोस्त बन गए थे।

शिरो अनजाने में 'कुरो भाई! खतरा है!' चिल्लाने को हुआ ही था कि उसी क्षण शिकारी की पैनी निगाहें शिरो पर पड़ीं।

"जरा बता कर तो देख! उससे पहले ही मैं उसे इस फंदे में फाँस लूँगा।" शिकारी की आँखों में यह धमकी साफ़ झलक रही थी। शिरो इस अपेक्षित खतरे से हतप्रभ हो भौंकना ही भूल गया। नहीं, शायद भूला नहीं, बल्कि वह इतना डर गया था कि उस स्थान पर अब और रुकना ख़तरे से खाली न था।

शिरो शिकारी पर अपनी नज़र गड़ाए सावधानी से धीरे-धीरे पीछे हटने लगा।

---

2. काला रंग, मूल शब्द कुरोई।

शिकारी का बाड़ की ओट में छिपना था कि शिरो, बेचारे कुरो को वहीं छोड़ तेज़ी से भाग खड़ा हुआ।

शायद उसके तुरन्त बाद ही कुरो को फंदा पड़ा होगा, क्योंकि शिरो के भागते ही कुरो के रोने-चिल्लाने की दर्दनाक आवाज़ सुनाई देने लगी।

परन्तु शिरो का वापस आना तो दूर, रुकने के भी लक्षण नज़र नहीं आ रहे थे। कीचड़ में गिरते-पड़ते, पत्थरों से टकराते, रस्सी की बाड़ से गुज़रते हुए और कूड़ेदान को उलटते, बिना पीछे मुड़े वह लगातार भागता रहा।

"देखो तो! ढलान से किस तरह उतर रहा है?

"देखो! अभी गाड़ी से टकराते-टकराते बचा!"

शायद शिरो अपनी जान बचाने की उम्मीद में पागलों की तरह भाग रहा था। नहीं, दरअसल शिरो के कानों में अभी भी कुरो की दर्दनाक चीख़ 'बचाओ-बचाओ! भौं-भौं, बचाओ...!' गूँज रही थी।

[2]

शिरो हाँफते-हाँफते अपने मालिक के घर पहुँचा।

काले रंग की बाड़ के नीचे से होते हुए गोदाम का चक्कर लगाने पर घर का पिछवाड़ा पड़ता है, जहाँ कुत्ताघर

है। शिरो एकदम हवा की रफ़्तार से भागते हुए पिछवाड़े के मैदान में जा पहुँचा। यहाँ तक भाग आने के बाद, उसे अब शिकारी के फंदे में पकड़े जाने की चिन्ता नहीं थी।

संयोग से, हरे-भरे मैदान में मालिक की बेटी और छोटा बेटा गेंद से खेल रहे थे। उन्हें देखकर शिरो की ख़ुशी का ठिकाना न रहा। शिरो पूँछ हिलाते हुए एक छलाँग में ही उनके पास पहुँच गया और बोला, "छोटी मालकिन! छोटे मालिक! मालूम है, आज मैं कुत्तों के शिकारी से मिला?"

शिरो दोनों की ओर निगाहें किए हुए एक ही साँस में यह सब बोल गया।

ज़ाहिर था, मालिक के बेटे-बेटी को कुत्ते की भाषा नहीं आती थी। अत: उन्हें भौं-भौं के अलावा कुछ भी सुनाई नहीं दिया। लेकिन शिरो हैरान था कि आज क्यों छोटी मालकिन और छोटे मालिक अचम्भे में थे और उन्होंने उसका माथा भी नहीं सहलाया।

अचम्भे में पड़े शिरो ने एक बार फिर दोनों से कहा, "छोटी मालकिन, क्या आप कुत्ते के शिकारी को जानती हैं? वह बहुत ही ख़तरनाक आदमी है। छोटे मालिक, मैं तो बच गया, लेकिन पड़ोसी का कुत्ता कुरो पकड़ा गया।"

इस पर भी छोटी मालकिन और छोटे मालिक पर कुछ असर न हुआ। बस, दोनों एक-दूसरे का मुँह ताकते रहे। बल्कि, कुछ देर बाद उन्होंने कुछ अजीब-सी बातें कहीं, "हारुओ, यह कहाँ का कुत्ता होगा?

"कहाँ का होगा, दीदी?"

"कहाँ का कुत्ता!" इस बार अचम्भे में पड़ने की बारी शिरो की थी। शिरो को तो छोटी मालकिन और छोटे मालिक की बातें सुनाई दे रही थीं और समझ में भी आ रही थीं।

हम लोगों को कुत्तों की भाषा समझ नहीं आती इसलिए हमें लगता है कि शायद कुत्ते भी हमारी भाषा नहीं समझते। वास्तव में, ऐसा है नहीं। कुत्ते को प्रशिक्षित कर पाना उसका हमारी भाषा को समझने का ही तो प्रमाण है। परन्तु हम कुत्ते की भाषा को स्पष्ट रूप से समझ नहीं सकते। यही कारण है, कि यदि कुत्ता हमें अँधेरे में सूँघ कर किसी को पहचानने की कला सिखाए तो हम कदापि नहीं सीख सकते।

"कहाँ का कुत्ता? क्यों कह रहे हो? मैं हूँ, मैं, शिरो।"

फिर भी, छोटी मालकिन पहले की तरह आशंकित निगाहों से शिरो को देख रही थी।

"कहीं ये पड़ोसी कुरो का भाई तो नहीं?"

"शायद यह कुरो का ही भाई हो!" छोटा मालिक बल्ले से खेलता गम्भीरता से सोचते हुए बोला। "क्योंकि इसका भी तो पूरा शरीर कुरो की तरह एकदम काला है।"

शिरो को लगा कि उसके पीठ के बाल खड़े हो गए हैं। एकदम काला! ऐसा हो ही नहीं सकता। शिरो को अपने कानों पर विश्वास नहीं हुआ। वह तो बचपन से ही दूध की तरह सफ़ेद था।

लेकिन नहीं, उसके सामने के पैर तो देखें – अरे, सामने के ही पैर क्यों? छाती, पेट, पिछले पाँव, उसकी आकर्षक पूँछ, सभी इस तरह काले थे जैसे किसी कड़ाही की पेंदी।

बिल्कुल काला! बिल्कुल काला!

शिरो पागलों की तरह कूदता फाँदता 'भौं–भौं' करते हुए अपनी पूरी ताकत से चिल्लाने लगा।

"अरे, क्या करें हारुओ? यह कुत्ता जरूर पागल है।"

छोटी मालकिन वहाँ पर सन्न खड़ी रुआँसे स्वर में बोली। लेकिन छोटा मालिक हिम्मत वाला था।

शिरो के बायें कंधे पर तुरन्त बल्ले की एक चोट लगी। अभी वह कुछ संभल पाता कि तुरन्त दूसरी बार बल्ला सिर पर पड़ने को हुआ। शिरो बचते हुए नीचे से चुपचाप खिसक कर जिस रास्ते आया था वापस उसी ओर भाग खड़ा हुआ। लेकिन इस समय पहली बार की तरह वह सौ या दो सौ मीटर नहीं भागा। मैदान के किनारे ताड़ के पेड़ की छाँव में क्रीम रंग में पुता कुत्ते का घर है। शिरो ने इस घर के सामने आने के बाद अपने छोटे मालिक, मालकिन को मुड़कर देखा।

"छोटी मालकिन, छोटे मालिक! मैं वही शिरो हूँ। चाहे कितना भी काला क्यों न हो गया हूँ फिर भी मैं वही आप

लोगों का शिरो हूँ।''

शिरो की अत्यन्त दुख और क्रोध से मिश्रित आवाज़ में कंपन थी। परन्तु छोटी मालकिन और छोटे मालिक के लिए शिरो की यह दिमागी हालत समझ पाना असंभव था। ''देखो, वहाँ अभी भी भौंक रहा है। सचमुच बहुत ही बेशर्म जंगली कुत्ता है।'' घृणा से ज़मीन पर पैर पटकते हुए छोटी मालकिन बोली।

छोटे मालिक ने भी सड़क पर पड़े पत्थरों को उठाया और पूरे ज़ोर से शिरो की ओर फेंकने लगा।

''ढीठ जानवर! अभी भी इधर अड़ा हुआ है। लो, तुम्हें यही चाहिए ना? ये लो!'' और फिर शिरो के ऊपर पत्थरों की बरसात होने लगी। उनमें से कुछ पत्थरों से शिरो की कनपटी पर चोट लग जाने से ख़ून निकल आया था। आख़िरकार विवश शिरो अपनी पूँछ दबाए बाड़ के बाहर निकल आया।

बाहर बसंत के सूर्य की किरणों में एक तितली मज़े में अपने पंख फैलाए अठखेलियाँ करती हुई कुछ ऐसे चमक रही थी जैसे रजतचूर्ण में नहाई हो।

''ओह! क्या आज से मैं लावारिस कुत्ते का जीवन बसर करूँगा?'' शिरो ने गहरी साँस ली और थोड़ी देर के लिए बिजली के खम्बे के नीचे अन्यमनस्क ही रुका रहा।

[3]

छोटी मालकिन और मालिक द्वारा भगाया शिरो तोक्यो शहर के कोने-कोने लक्ष्यहीन घूमता रहा। लेकिन कहीं भी, कैसे भी वह एक बात न भूल सका। वह बात थी उसका काले रंग में परिवर्तित शरीर।

अपने काले शरीर से वह इस कदर त्रस्त हो गया था कि आस-पास की हर चीज़ से वह भयभीत होने लगा। जैसे नाई की दुकान का शीशा, जिसमें ग्राहक अपनी शक्ल देखते हैं। वह सड़क के किनारे बने तालाब से डरने लगा जिनमें बारिश के उपरान्त आसमान अपना प्रतिबिम्ब बनाता है।

सड़क के कोमल पत्तों का बिम्ब बनाने वाली सजावटी खिड़कियों के शीशों से भी वह भयभीत था। यहाँ तक कि अल्पाहार-गृह में काली बियर से भरे कप से भी वह कतराता। परन्तु यह सब करने से क्या फायदा ?

उस मोटर को देखो! हाँ, वही उस पार्क के बाहर खड़ी काले रंग की बड़ी मोटर। मोटर गाड़ी की चमकदार सतह पर शिरो का प्रतिबिम्ब बना। एकदम साफ़ किसी आईने के प्रतिबिम्ब की तरह।

शिरो का प्रतिबिम्ब बनाने वाली ऐसी मोटर गाड़ियाँ या अन्य चीज़ें तो हर जगह मौज़ूद थीं। अगर शिरो मोटर पर बने अपने प्रतिबिम्ब को देखे तो स्वयं कितना भयभीत होगा?

देखो, ज़रा शिरो के चेहरे को देखो! शिरो पीड़ित मन तुरन्त पार्क के अन्दर भाग खड़ा हुआ। पार्क के अन्दर चिनार के पेड़ की कोमल पत्तियों से टकराती हलकी-हलकी हवा बह रही थी।

शिरो गर्दन झुकाए पेड़ों की बीच से गुज़रते हुए चलता गया।

सौभाग्यवश वहाँ तालाब के अलावा शिरो का प्रतिबिम्ब बनाने वाली चीजें नज़र नहीं आ रही थीं। वातावरण शांत था। सिर्फ़ सफ़ेद गुलाब पर झुण्ड बनाए मधुमक्खियों की आवाज़ से वातात्वरण गुंजित था। शिरो इस शांत पार्क की खुली हवा में थोड़ी देर के लिए अपने घृणित काले रंग की पीड़ा को भूल गया। परन्तु शायद उसे यह सौभाग्य पाँच मिनट के लिए भी प्राप्त न हुआ। वह सड़क के किनारे निकल गया जहाँ बैंच लगे हुए थे। वह अनायास ही चलता गया। तभी उसे मोड़ के दूसरी तरफ से किसी कुत्ते की कर्ण-भेदी आवाज़ सुनाई दी।

"भौं-भौं, बचाओ बचाओ! भौं-भौं, बचाओ!" शिरो का शरीर एक अनजाने डर से काँपने लगा। इस आवाज़ ने शिरो के मन में दबे कुरो के बिलखकर रोने के हादसे को एक बार फिर से ताज़ा कर दिया। शिरो यह सब नज़रअन्दाज़ कर पुन: भागने की कोशिश करने लगा। लेकिन दूसरे ही पल भयानक कराहने की आवाज़ ने उसे वापस पलटने पर मज़बूर कर दिया।

"भौं-भौं! मदद करो! भौं-भौं! मदद करो!!" "भौं-भौं! कायर मत बनो! कायर मत बनो!!" कुछ इस तरह के स्वरों ने शिरो की चेतना को झकझोड़ दिया। शिरो एकदम से उस तरफ भागा जहाँ से यह आवाज़ आ रही थी।

परन्तु वहाँ पहुँचकर शिरो ने अपने सामने किसी कुत्ते के शिकारी को नहीं पाया। बल्कि वहाँ पर तो स्कूल की वर्दी पहने दो-तीन बच्चे, जो शायद स्कूल से लौट रहे थे, एक भूरे रंग के पिल्ले की गर्दन में रस्सी बाँध कर घसीटते हुए शोरगुल कर रहे थे। पिल्ला अपने-आपको उनकी चंगुल से छुड़ाने की भरपूर कोशिश कर रहा था और इधर-उधर सूँघते हुए बार-बार 'मेरी मदद करो' कहे जा रहा था।

लेकिन बच्चों पर उसकी बेचारगी का कोई असर न हुआ। वे कभी हँसते, कभी गुस्सा करते और कभी-कभी पिल्ले के पेट पर लात मार देते।

शिरो हिम्मत बटोरते हुए बच्चों की ओर भागा और उन पर भौंकने लगा। बेखबर बच्चे आश्चर्यचकित हुए। शिरो की आँखों में ज्वाला भड़क रही थी। उसकी पैने औज़ार की तरह दिख रहे नुकीले दाँत किसी भी वक्त काटने को तैयार थे। कुल मिलाकर शिरो क्रोध में आपे से बाहर था।

यह देखकर बच्चे इधर-उधर भाग खड़े हुए। उनमें से कुछ घबराहट में सड़क के किनारे की झाड़ियों में कूद पड़े। शिरो लगभग चार-पाँच मीटर तक उनका पीछा करने के बाद मुड़ा और पिल्ले को डाँटते हुए बोला, "चलो, मेरे साथ। तुम्हें

अपने घर छोड़ दूँ।"

शिरो पहले की तरह पेड़ों के बीच अपनी पूरी रफ्तार से भागने लगा। भूरे रंग का पिल्ला भी खुशी-खुशी बैंचों से बचते-बचाते, फूल-पौधों से टकराते शिरो के साथ भागने की कोशिश करने लगा मानो वह शिरो से हार न मानना चाहता हो। गर्दन से लटकती हुई लम्बी रस्सी उसके साथ घिसटती जा रही थी।

दो-तीन घंटे बाद, शिरो भूर रंग के पिल्ले के साथ एक टूटे-फूटे पुराने कॉफ़ी हाउस के सामने खड़ा था। कॉफी हाउस के अन्दर दिन के वक्त भी हल्का अँधेरा था और बल्ब की रोशनी फैली थी। अन्दर ग्रामोफोन से किसी संगीत की भर्राई ध्वनि आ रही थी। ऐसा प्रतीत हो रहा था कि *नानीवाबुशी*[3]

3. जापानी कथा सुनाने की एक परम्परागत विधि जिसमें त्याग, बलिदान तथा नैतिक मूल्यों की भावनाओं से ओत-प्रोत गाथा को एक कथा वाचक **शामिसेन** बजाते हुए सुनाता है। **शामिसेन :** एक अनोखा जापानी वाद्य यंत्र जो बिल्ली या कुत्ते की खाल से बना होता है और उसमें केवल तीन तार होते हैं। यह वाद्य यंत्र जापान के एदो काल (1603-1867) में बहुतचर्चित था। **काबुकी** (एक तरह का जापानी नृत्य नाटिका जिसमें महिला पात्र का अभिनय पुरुष ही करते हैं) एवं कठपुतली नाटकों के प्रदर्शन में प्राय: **शामिसेन** का संगत होता है।

या इस तरह का कोई संगीत बज रहा हो। पिल्ला गर्व से पूँछ हिलाते हुए शिरो से बातें करने लगा।

"मैं यहाँ रहता हूँ। इस ताइशोकेन नामक कॉफी हाउस में। काका, आप कहाँ रहते हैं?"

"काका? ओह, हाँ, हाँ मैं बहुत दूर शहर में रहता हूँ।" शिरो ने गहरी साँस ली।

"अच्छा, अब काका को अपने घर लौटना चाहिए।" शिरो बोला

"जरा रुकिए तो। काका के मालिक क्या सख्त मिजाज़ के हैं?" पिल्ले ने पूछा

"मालिक? क्यों, ऐसी बात क्यों पूछ रहे हो?"

"अगर आपके मालिक सख्त मिज़ाज के न हों तो आज रात यहाँ मेरे साथ ही ठहर जाइए, और मेरी माँ को मेरी जान बचाने पर धन्यवाद देने का मौका प्रदान कीजिए। मेरे घर पर आपके सम्मान में तरह-तरह के भोजन उपलब्ध हैं। जैसे दूध, कढ़ी-भात और गोश्त वगैरह।"

"धन्यवाद! परन्तु काका को अभी ज़रूरी काम है इसलिए यह दावत फिर कभी। अच्छा, अपनी माँ को मेरा प्रणाम बोलना।" शिरो बोला।

शिरो ने आसमान की ओर एक नज़र घुमाई और चुपके से खड़ंजे के बने रास्ते पर चलने लगा। कॉफी हाउस की छत के एक छोटे से हिस्से पर नए चाँद की हलकी रोशनी पड़ने लगी थी।

''काका! काका! ओ काका!'' पिल्ला दुखी भाव में भौंकने लगा।

''अच्छा, तो केवल अपना नाम ही बताते जाइए। मेरा नाम नेपोरियन है। प्यार से लोग मुझे *नापोचान*[4] या नापोको भी पुकारते हैं। अच्छा, काका आपका नाम क्या है?''

''काका को शिरो पुकारते हैं।'' शिरो बोला

''शिरो! शिरो नाम तो बड़ा अटपटा-सा है। आप तो सिर से पाँव तक काले हैं!''

शिरो को अपनी बेबसी पर रोना आया।

''तब भी शिरो ही पुकारा जाता हूँ, भाई!'' शिरो ने

---

4. बच्चों और अपने से छोटों को प्यार से सम्बोधित करने के लिए नाम के बाद **'चान'** या **'को'** जोड़ दिया जाता है। आम तौर से जापानी भाषा में श्री/श्रीमती/श्रीमान/कुमारी आदि सम्बोधनों के लिए मात्र **'सान'** का प्रयोग होता है जो नाम के बाद लगाया जाता है। समाज में उच्च स्थान रखने वालों के लिए **'सेनसेइ'** शब्द का प्रयोग होता है।

अपनी भावुकता को दबाते हुए जवाब दिया।

"अच्छा, फिर आपको शिरो काका ही पुकारता हूँ। शिरो काका, जल्दी ही एक बार फिर आना।"

"अच्छा नापोको, अलविदा!"

"अच्छा, फिर मिलेंगे, शिरो काका! अलविदा, अलविदा!"

उसके बाद शिरो के साथ क्या हुआ? इसको एक-एक करके बताने की जरूरत नहीं। कई अख़बारों में भी इसके बारे में छप चुका है। शायद सभी इनसे वाकिफ़ भी होंगे। बहुत खतरे में पड़ी जानें बचाईं एक बहादुर काले कुत्ते ने। और तो और, 'गिकेन' नामक फिल्म को भी प्रसिद्धि मिली। उसी काले कुत्ते का ही नाम तो था शिरो। फिर भी, वे लोग जो किसी वजह से इस कुत्ते के बारे में न जान पाए हों, यहाँ पर दी गई अख़बारों में छपी टिप्पणी को पढ़ सकते हैं।

तोक्योनिचिनिचि शिम्बुन[5]

> "कल 18 तारीख (मई), सुबह के 8 बजकर 40 मिनट ओसेन की ओर जाने वाली एक एक्सप्रेस ट्रेन जब ताबाता स्टेशन के पास रेलवे क्रॉसिंग से गुज़र रही थी तभी गार्ड की असावधानी के कारण 1,

---

5. अखबार

2, 3 कम्पनी के शिबायामा तेत्सुतारो का बड़ा बेटा सानेदिको (उम्र 4 वर्ष) रेलवे पटरी के बीच आकर खड़ा हो गया। उसकी मौत अब निश्चित ही थी कि न मालूम वहाँ अचानक एक हिम्मती कुत्ता बिजली की रफ्तार से कूद पड़ा और सानेदिको को मौत के मुँह से निकाल लाया। वह बहादुर कुत्ता लोगों के शोरगुल से निकलकर न जाने कहाँ गुम हो गया। कुत्ते को सम्मान न दे पाने की स्थिति में रेलवे अपने आपको दोषी समझ रहा है।''

तोक्योआसाही शिम्बुन

''कारुईज़ावा में अमेरिका के एक अमीर दम्पत्ती एडवर्ड बर्कले अपनी गर्मी की छुट्टियाँ बिताने आए थे। वह एक फारसी बिल्ली को बहुत लाड़-प्यार कर रहे थे कि अचानक उनके बँगले में लगभग एक-दो मीटर लम्बा काला साँप प्रकट हुआ और बिल्ली को निगलने की कोशिश करने लगा। तभी वहाँ पर एक अनदेखा काला कुत्ता धमक पड़ा और लगा साँप से बिल्ली को छुड़ाने। लगभग 20 मिनट की मुठभेड़ के बाद आख़िरकार वह कुत्ता उस भयंकर साँप को मारने में कामयाब हुआ। परन्तु फिर से वह बहादुर कुत्ता न मालूम वहाँ से कहाँ चला

गया। अमेरिका के दम्पती ने कुत्ते के लिए 5 हजार डॉलर के इनाम की घोषणा की है और उसकी तलाश जारी है।''

कोकुमिन शिम्बुन

''सात अगस्त के दिन जापानी आल्पस् को पार करते वक्त अचानक दाइकोतो स्कूल के तीन बच्चे रास्ता भटक गए और अन्त में *कामीकोउची*[6] गर्मसोता पहुँच गए। ये लोग होदाका पहाड़ और यारिगा शिखर के बीच कहीं भटके थे। ऊपर से कई दिनों तक बारिश और तूफान की वजह से उनके पास खाने की सामग्री सड़-गल गई थी। भूख-प्यास से बेहाल वे अब मौत के नज़दीक थे। तभी अचानक सँकरी घाटी में घूम रहे इन बच्चों के सामने एक काला कुत्ता प्रकट हुआ और इन लोगों के आगे-आगे चलने लगा। ऐसा प्रतीत होता था जैसे इनका मार्गदर्शन कर रहा हो। बच्चे भी इस कुत्ते के पीछे हो लिए। इस तरह एक दिन से भी अधिक चलने के बाद वे अंत में कामीकोची पहुँच सके। जैसे ही कुत्ते को अपने ठीक नीचे होटल की छत

---

6. जापान के नागानो प्रांत के पश्चिम में स्थित प्रसिद्ध गर्मसोता। होदाका पहाड़ और यारिगा शिखर पर चढ़ने के लिए उचित स्थान।

दिखी वह खुशी के मारे भौंकने लगा। बस, भौंकने भर तक वह बच्चों के साथ रहा और तुरंत बाँस के जंगल में घुस कहीं लुप्त हो गया। यह कुत्ता भगवान के रूप में उनका रक्षक बनकर आया था, ऐसा बच्चों का विश्वास है।''

जिजि शिम्बुन

''13 तारीख (सितम्बर)। नागोया शहर में भयंकर आग लगने से 10 से भी अधिक लोग मारे गए। नगराधिकारी योकोज़ेकी भी अपने लाड़ले बेटे से हाथ धो बैठते। तीन वर्षीय ताकेनोरी शायद माँ-बाप की गलती की वजह से या किसी और कारण से आग की लपटों से घिरी इमारत की दूसरी मंजिल में ही छूट गया। बस वह जल कर राख होने ही वाला था कि एक काला कुत्ता अपने दाँतों के बीच दबोचे बच्चे को बाहर निकाल लाया। फलस्वरूप नगराधिकारी ने शहर में किसी लावारिस या भूले-भटके कुत्ते को मारने पर रोक लगा दी।''

योमीउरी शिम्बुन

''ओदावारा शहर के जोनाई बाग में मियागीजुनकाई चिड़ियाघर का एक साइबेरियाई भेड़िया कुछ दिनों

तक लगातार लोगों को आकर्षित कर बड़ी भीड़ इकट्ठी कर रहा था। 25 तारीख (अक्टूबर) के दोपहर 2 बजे के आस-पास अचानक इस भेड़िये ने अपना मजबूत पिंजरा तोड़ डाला और चौकीदार को घायल कर हाकोने की ओर भाग निकला।

ओदावारा पुलिस थाने ने भेड़िये को पकड़वाने के लिए इधर-उधर से बहुत सारे लोगों को बुलवाया। अचानक शाम के 4:30 बजे भेड़िया जूजी शहर में प्रकट हुआ और एक काले कुत्ते के साथ मुठभेड़ करने लगा। काला कुत्ता हालाँकि हारने जैसा प्रतीत होता था परन्तु हिम्मत से लड़ता रहा। तभी खोजबीन करती हुई खुफ़िया पुलिस भी वहाँ आ पहुँची और भेड़िये को गोली मार दी गई। भेड़िये का नाम रूप्स जिगानटिक्स था और कहा जाता है कि वह बहुत भयानक और बलवान नस्ल का था। भेड़िये को गोली लगने से मियागी चिड़ियाघर का मालिक बहुत नाराज़ है और उसके अनुसार भेड़िये को गोली मारना नाइंसाफी है। इसलिए उन्होंने ओदावारा पुलिस अधिकारी के ऊपर मुकदमा दायर कर दिया।''

[5]

शरद की मध्यरात्रि की बात है। शरीर और मन दोनों से थककर चूर शिरो अपने मालिक के घर लौट आया। जाहिर

है कि इस वक्त छोटे मालिक और मालकिन कब के सो चुके थे। इतनी रात गए कोई इनसान जगा नहीं हो सकता। घर के पिछवाड़े इस रात के सन्नाटे में एक पेड़ के ठीक ऊपर पूर्णिमा का सफेद चाँद हलकी हवा में हिचकोले खा रहा था।

"कुत्ता घर" जो कभी उसका था, के सामने शिरो अपने ओस से भीगे शरीर के साथ आराम करने लगा। फिर, चन्द्रमा को अपना साथी समझ अपने-आप से कुछ इस तरह बातें करने लगा- 'ऐ चाँद! मैं कुरो को मरता हुआ नहीं देखना चाहता था और इसीलिए मैंने वहाँ से भागने की सोची। और शायद यही वज़ह है कि मेरा शरीर भी काला हो गया। लेकिन जब से मैं छोटे मालिक-मालकिन से विदा हुआ हूँ, तब से तरह-तरह के खतरों से लड़ता आया हूँ। शायद इसलिए कि जब भी मैं अपने काले शरीर को देखता था तो स्वयं शर्म और भय से काँप उठता था। मेरे डर और शर्म का निवारण भी यही था। आख़िरकार मैं अपने काले शरीर से नफ़रत करने लगा और मैंने अपने प्राण त्यागने की सोची। इसके लिए आग में भी छलाँग लगाई और भेड़िये से भी लड़ा। इन सबके बावज़ूद आश्चर्य की बात यह है कि इतने भयंकर कारनामों से भी मेरे प्राण नहीं गए। मौत भी मेरा कुरूप चेहरा देखते ही दूर भाग जाती थी। इन सब परेशानियों से तंग आकर आख़िरकार अब मैंने आत्महत्या करने की सोच ली है। लेकिन मैं एक बार अपने मालिक को देख लेना चाहता हूँ जिन्होंने पाल-पोस कर मुझे इतना बड़ा किया। अवश्य ही छोटे

मालिक-मालकिन मुझे देखते ही फिर लावारिस कुत्ता ही कहेंगे। हो सकता है छोटे मालिक तो मुझे बल्ले से मारें भी। लेकिन फिर भी मुझे कोई ग़म नहीं। हे चाँद! सिर्फ़ अपने मालिक से एक बार मिलना है। इसके अलावा मुझे कुछ भी नहीं चाहिए। इसी उद्देश्य से मैं दूर इतनी रात गए यहाँ लौटा हूँ। दिन खुलते ही मुझे छोटे मालिक-मालकिन से मिला देना।' अपने आप से यह कहते हुए शिरो न मालूम कब अपनी ठोढ़ी को ज़मीन पर टिकाए गहरी नींद में सो गया।

''चमत्कार हो गया हारुओ, चमत्कार हो गया।''

''क्या बात है दीदी?''

मालिक-मालकिन की आवाज़ सुनते ही शिरो की आँखें खुल गईं। छोटे मालिक-मालकिन कुत्ताघर के सामने हैरानी से एक-दूसरे को एकटक देख रहे थे। शिरो ने एक बार उन्हें देखा और नजरें झुका दीं। छोटे मालिक-मालकिन की हैरानी ठीक उसी तरह की लगती थी जिस तरह उन्हें शिरो के काले होने पर हुई थी। उस समय के दुखी क्षण को याद कर शिरो को अपने लौटने पर पछतावा होने लगा।

ठीक उसी क्षण की बात है। छोटा मालिक उछलते हुए चिल्लाने लगा:

''पिताजी! माँ! देखो तो शिरो वापिस लौट आया!''

शिरो!

शिरो अनायास ही उठ खड़ा हुआ और वहाँ से भागने को हुआ। इसी बीच छोटी मालकिन ने हाथ बढ़ाया और शिरो को ज़ोर से पकड़ लिया।

मालकिन की आँखों में शिरो की आँखों का बिम्ब झलका। ताड़ की छाँव में क्रीम रंग के घर का प्रतिबिम्ब साफ़–साफ़ झलक रहा था। परन्तु सबसे हैरानी की बात यह थी कि उस 'कुत्ता–घर' के सामने चावल के दाने के आकार का एक सफेद कुत्ता बैठा दिख रहा था। साफ़ और दुबला कुत्ता। शिरो अकस्मात् ही उस कुत्ते को पहचानने की चेष्टा करने लगा।

''अरे, शिरो रो रहा है!'' छोटी मालकिन शिरो को अपने सीने से चिपकाए छोटे मालिक की ओर देखते हुए बोली।

''अरे दीदी! तुम तो खुद भी रो रही हो!'', छोटा मालिक बोला।

序

この度、ウニタ・サチダナンド博士が日本近代文学の代表的作家の一人・芥川龍之介（１８９２－１９２７）の短編小説をヒンディー語に翻訳し出版されるにつき、まず何よりもお祝いの言葉を述べたく思う。サチダナンド博士は、かつて日本政府の奨学生として日本国立奈良女子大学の私の研究室で勉学され、日本近代文学の研究に勤（いそ）しまれた。その際、単に日本近代文学のみならず、広く日本文化、歴史、社会への関心を持ち、日本人の生活の中へ積極的に入って研究されたことが、博士の学問を大きく深いものとしたように思う。その博士が、インドの人々に一特に少年少女のために芥川龍之介の童話を中心とする作品を翻訳・出版されることは、インド、日本両国の文化交流の上に多大の貢献をなすことであり、両国のために大変喜ばしいことである。博士の研究、翻訳等が更に進展し、いつの日か、インド作家の作品や民話を日本語に翻訳・紹介されることを期待している。終わりに、ここに翻訳される日本の作家・芥川龍之介について簡単に紹介し、もってサチダナンド博士の快挙への餞（はなむけ）にしたく思う。

芥川龍之介は、１８９２年、新原敏三、ふく夫婦の長男として東京で生まれたが、生後間もなく母が発狂したため、母方の伯父・芥川道章の養子となり、独身の伯母・ふきの世話で成長した。実母の発狂や養父母、伯母への気遣いは、芥川龍之介の一生に大きな影響を与えることになった。

２０代初め、彼は初恋の女性と結婚しようとしたが、家族ー特に伯母の反対にあって諦めざるを得なかった。肉親間の愛情にもエゴイズムのあることを痛感した彼が、そのころ書いたのが「羅生門」（１９１５）と「鼻」であった。「羅生門」は、日本の古い時代の説話集「今昔物語集」（こんじゃくものがたりしゅう）の中にある話を素材にしているが、芥川は、それとは異なった小説に仕立て上げたのである。「下人」の心理の変化や「老婆」の理屈に人間のもつエゴイズムがよく現れているのは、当時の芥川龍之介の心境の反映であろうと思われる。このような人間のもつエゴイズムの醜さや悲しさを暴く作品に童話「蜘蛛の糸」（１９１８）がある。これとよく似た話がロシアの作家・ドストエフスキーの「カラマーゾフの兄弟」の中に出てくる。第七編に出てくる「一本の葱」の話である。しかし、芥川龍之介は、これに拠ったのではなく、Paul Carusの「KARUMA」（１８９４）の日本語訳「因果の小車」を素材にしたと思われる。芥川龍之介は、彼の作品で人間の弱さ、醜さをばかり追求したように見えるが、熟読すれば、そうでないことが明らかに見えて来るであろう。自分の事ばかりを考える狭い心を越えて、ひろく人々を愛していく博愛の精神を求めていく姿勢が見られ、また、人々の中に、そのような美しい心があることを願っている。「蜜柑」（１９１９）、「杜子春」（１９２０）、「白」（１９２３）などには、芥川龍之介の、美しく善なるものに対する信頼が現れている。「蜜柑」は、彼自身が経験した心温まる情景を描いたものであり、「杜子春」は、古い中国の伝奇「杜子春伝」を基に創作したものである。芥川の杜子春が、仙人の試練の最後「お母さん」と叫び幻術から覚めることやその後の仙人とのやり取りを読めば、作者の人間への信頼がよく理解できよう。原典の「杜子春伝」では、杜子春は試練の中で沈黙を守り続けて命を失い、転生し女性に生まれ変わり、目の前で自分の産んだ子供が虐待されるのを見て声を発して戒めを破るように描かれている。この変更にも芥川の「母恋い」の気持ちが、よく読み取れる。「白」は、犬を主人公にした話で芥川の最後の童話である。ここにも、エゴイズム、弱さ、卑怯を、命懸けで乗り越える行為が分かりやすく描かれている。

概して芥川龍之介の「童話」には、人間の弱さ、醜さを越え、明るい希望に生きる主題のものが多いが、彼の作品の主流は、むしろ暗さが支配的である。鋭い知性で現実を分析し、作品に再構成する方法は、当時の日本の文壇を支配していた「私小説」とは全く異なっており、そこから「戯作三昧」、「地獄変」、「奉教人の死」などの芸術史上主義的な名作を創作した。種々の形式、主題を駆使し、多くの問題作を発表した彼は、大正時代（１９１２～１９２６）を代表する作家となった。しかし、大正末期ごろから、心身の健康を害し、激動する社会情勢や、プロレタリア文学運動の台頭に直面し、「ぼんやりした不安」（芥川龍之介自身の言葉）につつまれて、１９２７年に自殺した。死の前後に、病的な神経の世界を描いた「蜃気楼」や日本社会の現実を風刺した「河童」、遺稿「歯車」、自らの一生を自嘲的に要約した「或阿呆の一生」、四福音書から導き出した自分のキリストを論じた「西方の人」などが発表された。

芥川龍之介の死は、単に一人の文学者の挫折ということにとどまらず、大正時代の知識人の運命を表し、同時に大正文学の終焉を意味し、新しい時代の開幕を告げるものであった。そして、彼の真摯な生き方や作品は、現代の日本の青年たちにも愛され、読み継がれているのである。

１９９８・６・１６

奈良女子大学名誉教授
神戸女子大学教授
濱川勝彦

पुस्तक को जनसाधारण तक पहुँचाने के लिए जापानी दूतावास के सहयोग के लिए सहृदय आभार।